Carlo Conti • Maro Marcellini

"Aria fresca"

GIUNTI

Ideazione e realizzazione editoriale
Idea & Magìa s.r.l. - Firenze

ISBN 88-09-20849-8

La televisione è la gomma da masticare degli occhi.
(Frank Lloyd Wright)

Premessa

Secondo noi è doverosa una spiegazione per coloro che in questo momento si stanno chiedendo quanto sia stata opportuna, e necessaria, la pubblicazione di questo libro.

Ebbene, noi siamo stati spinti (dire stimolati ci pare troppo!) a scrivere queste pagine da alcune considerazioni che non troviamo affatto banali.

La prima considerazione è che in Italia, una sciaguratissima nazione dove poco meno di sette milioni e mezzo di lettori devono sopportare la produzione di ben quarantanove milioni e mezzo di scrittori, poeti compresi, sono già state date alle stampe, tra le tante altre oscenità, anche le opere di fior di letterati del calibro di Gianfranco Funari, Sandra Milo, Mino Reitano, Maria Giovanna Elmi, Don Backy, Marisa Laurito, Gigi Marzullo e compagnia cantante (Raffaella Carrà compresa!).

La seconda considerazione è che, sempre partendo dal fatto che in Italia troppa gente scrive e troppo poca legge, gli eventuali danni causati alle intelligenze indigene che intendano finirsi gli occhi su queste pagine saranno, comunque, lievi e circoscritti.

La terza e decisiva considerazione è di ordine etico-pratico e, come dicono certi sindacalisti, è "chiaramente articolata":

a) Un libro del genere non impegna più di tanto: può leggerlo chiunque, perfino chi ha un Q.I (quoziente intellettivo) parificato a quelli di Emilio Fede, Alba Parietti o Luca Giurato.

b) Un libro del genere, meglio se elegantemente confezionato con della carta fiorita e una coccarda in similoro, può essere regalato a Natale e a Pasqua (intese come feste riconosciute). Ma può anche essere regalato a Natale e a Pasqua (intesi come persone) così come ad Annibale, Antonio, Enrica, Gualberto, Sergio, Giacomo, Fernanda, Nicola, Sigismondo o a qualunque altro sacramento che festeggi una qualsiasi ricorrenza. Inoltre può essere regalato a papà per il suo compleanno, in sostituzione della solita cravattonza.

O può essere donato a mammà per la sua festa, al posto dei soliti "tubi" Perugina o della microscopica, e cara assatanata, boccettina di profumo francese.

c) Un libro del genere, con tanto di copertina cartonata e con la sua super-robusta rilegatura, può essere adoperato in casa per fermare sedie e tavoli traballanti, per schiacciare noci, per calzare armadi posti su pavimenti sconnessi, per giustiziare zanzare e scarafaggi, per rialzare piani troppo bassi (si usano due copie: una per lato!) o per qualsivoglia altra evenienza domestica ove abbisogni un oggetto di tale forma e dimensione.

d) Un libro del genere, qualora venissero vendute un rilevante numero di copie, potrebbe migliorare le casse e il tenore di vita di tre degnissime persone: l'Editore (che ne ha un gran bisogno) e i due autori (che siamo noi medesimi!).

Standо così le cose potevamo far mancare questa nostra opera nelle italiche librerie? Potevamo lasciar soli quei fenomeni della scrittura citati all'inizio?

Potevamo privare un popolo già tanto disgraziato di un evento letterario così necessario in ogni casa? E, soprattutto, potevamo mancare l'occasione di raccattare qualche liretta?

Secondo noi, e secondo i nostri creditori, non potevamo!

Eppoi, se non l'avessimo fatto noi, chi avrebbe mai colto l'opportunità di raccontare i vezzi, i crucci e le fatiche di quel gruppo di trentenni che hanno portato una ventata d'aria fresca nella nostra televisione, nella televisione plasticona dei due "blocchi contrapposti"? Chi si sarebbe mai tolto lo sfizio di ricordare, nero su bianco, le gags e i tormentoni di coloro che hanno osato "oscurare" i gelatinosi comici di stato?

Ecco la spiegazione.

O Garlo!

Carlo Conti è nato trentaquattro anni fa nel segno dei Pesci. E' il boss, nel senso che ne è l'animatore e il conduttore, di "Aria Fresca". Alcuni, tra cui lo stesso marito di Katia Ricciarelli, lo indicano come il Pippobaudo del duemila. E' longilineo e alto quanto basta. Non fuma. Porta gli occhiali per non dover girare accompagnato da un pastore tedesco e veste elegantemente grazie alla magnanimità dello sponsor. Come secondo lavoro fa il collaudatore di lampade solari.

Come nasce Carlo Conti ?

"Col taglio cesareo, mamma non aveva sufficenti dilatazioni."

Un'altra battutaccia del genere e interrompiamo l'intervista.

"Chiarissimo."

Ripartiamo. Come nasce Carlo Conti?

"Intendi dire come ho iniziato la mia carriera nel mondo dello spettacolo?"

Intendevo proprio questo.

"Ho cominciato in maniera buffa. Avevo circa quattordici anni. Andavo a scuola con una radio portatile per ascoltare due pazzi che rispondevano ai nomi di Renzo Arbore e Gianni Boncompagni. La loro trasmissione, te la ricorderai, si chiamava "Alto Gradimento". Mitica!"

Perchè parli al passato e dici che "rispondevano ai nomi..."? Rispondono ancora: sono viventi, tutti e due.

"Chiariamo subito che se io non posso fare battutacce tu non puoi fare lo "stupidoo!". Dico bene?"

Dici bene. Andiamo avanti come se fossimo due che non si conoscono. Insomma, comportiamoci professionalmente.

"Allora. Andavo a scuola con questa radiolina e ascoltavo "Alto gradimento". Ero affascinato da quei due, dal loro programma un po' matto. Andò a finire che di pomeriggio, dopo la scuola, con il mio fedelissimo compagno di banco..."

Facciamo i nomi.

"Con il mio fedelissimo compagno di banco che si chiamava, e si chiama tuttora perchè è vivente, Andrea Vezzani, invece di studiare facevamo i matti anche noi. Lui aveva un piccolo registratore, tipo questo quì tuo ma un po' meno scassato, e un microfonino di quelli piccoli, da puffo.

Con quel microfonino, e con un giradischi, facevamo una trasmissione in casa, una roba tutta nostra che non sto a spiegarti. Dicevamo le stupidaggini al microfono eppoi lo avvicinavamo alle casse del giradischi per registrare le musiche.

Il giorno dopo noleggiavamo le cassette ai compagni di classe, alla modica cifra di cento lire al giorno. Tutto questo per mettere via quanto ci sarebbe servito a comperare un microfono nuovo."

Questo a quanti anni?

"Avevo quattordici anni. Ero in seconda superiore... o roba del genere.Era il settantacinque."

Quindi sei nato nel sessantuno?

"Che mente che hai!"

Avevi già scritto il tuo nome in stile "Coca Cola"?

"No, quello è successo dopo. Questo era proprio l'inizio, il primo contatto con un microfono. Il Carlo Conti presentatore è nato in questo modo, facendo il verso a quei due lì. Immaginati quando poi, a distanza di anni, quando facevo "Uno per tutti", ho conosciuto Renzo Arbore. In persona! Quando Renzo è venuto una settimana con l'Orchestra Italiana gli sono stato appiccicato addosso come un cerotto.

Sono andato a cena con lui, abbiamo parlato....

Ero gasatissimo. Figurati la mia gioia: aver conosciuto e poter frequentare il grande Renzo Arbore!"

Ma allora è vero che, in quel periodo, rispondevi al telefono dicendo: "Pronto, parla Carlo Conti, l'amico di Arbore!". O è una maldicenza?

"Beh, ora non esageriamo. Comunque ero veramente felice."

Ci credo. A quanto ho capito, i primi passi li hai fatti con i programmini pirata per i tuoi compagni di scuola?

"Si, l'inizio è stato quello. Un inizio simpatico non trovi?"

Osteria! Ma in qualche modo uno deve pur cominciare no? E poi cos'è successo?

"Poi da lì il passo è stato abbastanza breve. Insomma, breve per modo di dire."

Sei approdato subito alla radio?

"Si, alla radio. Eravamo intorno al settantasette. La prima radio è stata Radio Firenze 2000, che adesso non esiste più."

Perchè ci sei passato tu?

"Che fai ricominci? Comunque, ora che mi ci fai pensare, molte delle radio dove ho lavorato poi hanno chiuso. Ma, a parte gli scherzi, quelli sono stati tempi fantastici. Facevo trasmissioni la domenica pomeriggio, la sera, la notte. E intanto continuavo a studiare. Poi nell'ottantadue, per caso, ho presentato il mio primo spettacolo: avevo già iniziato con la radio a fare qualche serata in discoteca come disc jockey, ma la cosa non mi piaceva un granchè e non mi è mai piaciuta più di tanto."

Allora hai iniziato in questo periodo a scrivere il tuo nome copiando il marchio della Coca Cola?

"Si, il periodo è quello: i primi anni ottanta. Ma tu lo dici come se avessi fatto chissà quale nefandezza. Secondo me invece, l'idea era carina. Mi pare che fu proprio Andrea Vezzani, che era bravissimo nel disegno, a partorire quella scritta. Ora Andrea è un bancario..."

Ha fatto la fine che meritava! Uno che aveva simili idee non poteva far altro...

"Ma che dici! Guarda che il nome scritto in quella maniera sui manifesti faceva il suo effetto..."

Che facesse effetto non lo metto in dubbio. I manifesti erano quelli per le serate in discoteca?

"Si, per le serate da disc jockey. Quello era il periodo dove c'era la moda che i disc jockey dovessero anche cantare. E quindi venne fuori anche un quarantacinque giri, ignobile! Si intitolava "It's ok, it's all right"

Mi pare proprio di avercelo.

"Guarda, se hai quel disco lì sei a posto. Potresti ricattarmi!"

Se è per questo ho anche di peggio. Ho un vecchio filmato dove canti e balli insieme a una coloratissima banda di sconvolti. Siete tutti vestiti da turisti americani. Uno schifo che non ti dico.

"Nooo! Ma veramente hai ancora quel filmato? Quello è ancora più ignobile del quarantacinque giri.... Erano i tempi di Radio Fantasy, quando facemmo un disco tutti insieme che si chiamava "Radio rap" . C'era Marco Baldini...."

Si, c'era anche lui. E' quello.

"Si si, era una cosa tremenda."

Ma che ti metti a fare il pentito?

"Ma quale pentito! Assolutamente no. Ora magari mi vergognerei a riguardare quel nastro ma per allora, lo abbiamo girato nell'ottanta, credo che andasse abbastanza bene. Non benissimo, neanche per allora, ma comunque era già qualcosa che gli altri non facevano. Era la nostra risposta, tutta toscana, alla "Band of Jocks".

Quella dell'Olandese volante?

"Esatto! Era un'iniziativa di Radio Fantasy e insieme a me c'erano Marco Baldini, Michele Lopez e tutti gli altri...."

Quando arriverai a sostituire Pippo Baudo quel nastro video varrà un tesoro. Lo rivenderò a qualche tuo collega invidioso che lo userà per rovinarti la carriera.

"Si, ciao bello. Comunque tu fai lo spiritoso ma per me quello era un percorso che andava fatto. E che tutti hanno dovuto fare. Hai citato Baudo? Bene, se andassimo a rivedere tutte le cose che ha fatto troveremmo di sicuro qualche magagna. Poco tempo fa ho rivisto in televisione un vecchio film dove un Pippo magrino e capelluto cantava "Donna Rosa". Ora fa quasi ridere ma ai suoi tempi andava benone. Ricordare cose tipo "Radio rap" o "It's ok, it's all right" mi serve per constatare che una crescita c'è stata. Inoltre tieni conto che le cose che ho fatto una settimana fa non mi piacciono già più, se le riguardo mi dico che potevo farle in maniera diversa. Credo comunque che ciò serva a migliorarsi continuamente."

Va bene, non ti agitare. Ora dimmi quando hai debuttato come presentatore alla televisione. Che anni erano?

"Tra l'ottanta e l'ottantadue. Proprio in quel periodo ho presentato la mia prima cosa televisiva. L'ineffabile Viviani, il patron di Mondo Ciak, mi scritturò per condurre, al Tiffany di Firenze, una specie di Corrida per giovanissimi. Si chiamava "Un ciak per un artista domani". In quell'occasione ho scoperto il divertimento che mi dava lo stare di fronte al pubblico con un microfono, il presentare insomma. Sempre in quell'occasione ho conosciuto Gaetano Gennai che a sua volta mi ha presentato un imitatore alle prime armi: Leonardo Pieraccioni. Gennai era un compagno di banco del mio vicino di casa Michele Perrone...."

Questa si che è una notizia!

"Non raccolgo. Leonardo Pieraccioni faceva una divertentissima imitazione di Giancarlo Antognoni a quei tempi. Mi ricordo che lo presentai ordinandogli: "Hai un minuto per farci ridere!". Non me l'ha mai perdonata. Ancora oggi spesso mi rinfaccia quella cattiveria e ha ragione, credo sia stata la peggiore presentazione che abbia mai avuto."

E, se non sbaglio, quello era il suo debutto?

"Si, debuttava quella sera. Come me..."

Una bella carognata la tua.

"Fu assolutamente involontaria, lo giuro! Comunque, malgrado la mia sciagurata presentazione, Leonardo fece divertire il pubblico e non per un solo minuto. E in ogni modo è da quella sera che è nata la nostra amicizia, un'amicizia fraterna."

Dunque quella è stata, in assoluto, la tua prima esperienza televisiva?

"Proprio quella: "Un ciak per un artista domani" è stato il mio battesimo. In quell'occasione ho anche conosciuto, allora quasi bambini, gli Interno 31. Il gruppo che ha poi scritto ed eseguito le sigle di molti altri miei programmi e che mi ha accompagnato in molte altre avventure."

Sembri D'Artagnan che parla dei suoi Moschettieri.

"Continuo a non raccogliere. So bene che vorresti provocarmi ma non ci casco".

Bravissimo.

"Grazie."

Figurati! Procediamo allora. Non so bene a quanti possa interessare.... ma tu dimmi ugualmente quale televisone mandò in onda quella tua prima trasmissione.

"Non me lo ricordo più. Mi pare fosse TVR ma non ne sono sicuro."

Ahi, ahi, ahi. Ci siamo montati la testa ehh? Cerchiamo di cancellare le umili origini?

"Ma tu sei così stupido di tuo o fai delle punture? Dai, non me lo ricordo davvero! Comunque era sicuramente una piccolissima tivvù locale va bene?"

Ma non avevamo detto di essere seri? Stiamo ai patti. E subito dopo cosa successe?

"Successe che il famoso nome sui manifesti, quello scritto alla maniera della Coca Cola che tu prendevi in giro poco fa, attirò l'attenzione di Nando Capecchi, il boss della Vegastar.
Mi contattò, mi propose una serie di serate e di altre

iniziative, e da lì nacquero la nostra collaborazione e la nostra amicizia che durano tuttora."

A proposito, è vero che hai avuto dei guai con la Coca Cola per via di quel marchio copiato?

"Ma non dire scemenze. No, assolutamente. Anche perchè allora chi vuoi che mi conoscesse."

Andiamo avanti. Cosa successe subito dopo quella prima esperienza televisiva?

"Successe che cominciai a presentare le sfilate di moda, che feci sempre più radio cercando di fare sempre meglio e qualche altra cosina televisiva.
Poi, nell'ottantacinque, arrivò il debutto su Rai Uno: la presentazione dell'edizione estiva di "Discoring" con Flavia Fortunato."

Ma allora avevi già fatto "Vernice fresca?"

"Non ancora. "Vernice fresca" arrivò nell'ottantasei, subito dopo "Discoring".
Sinceramente devo ammettere che non ero pronto per quell'esperienza su Rai Uno. Era una cosa molto più grande di me e me ne resi conto subito. Eppoi anche se quelle puntate furono un buon successo non mi andava che tutti mi vedessero come un disc jockey. E' vero che lì si parlava solo di musica ma io mi ero già reso conto che a me interessava di più fare il conduttore che non il disc jockey. Chiudermi in quel cerchio che sarebbe durato pochi anni, magari eclatanti ma comunque pochi, non mi sembrava una buona scelta.
Allora ho cercato di guardare più in là, mi sono detto che se uno deve andare alle Olimpiadi prima è bene che si alleni nella pista della sua città, a casa sua. Quindi mi sono messo ad allenarmi in Toscana facendo qualche puntata in trasferta, ho cercato di crescere e d'imparare tutte le malizie di questo mestiere girando le piazze e facendo cose mie."

Ci sono stati momenti particolarmente importanti in quel periodo di "allenamento"?

"Di sicuro un momento importante, direi magico, è stato un incontro che ho avuto, nell'ottantasei, durante una serata in trasferta. Presentavo a Vibo Valentia una manifestazione che si chiamava "Vibostar" e, guarda a quanti chilometri di distanza da Firenze, dalla Toscana, conobbi un artista, toscano anche lui, che si chiamava e si chiama Giorgio Panariello."

Cioè, mi stai dicendo che tu e Giorgio vi siete conosciuti a Vibo Valentia?

"Esattamente! Ci siamo conosciuti a Vibo Valentia. Allora lui faceva delle splendide imitazioni tra le quali spiccava un Renato Zero quasi migliore dell'originale."

E' stato un colpo di fulmine il vostro?

"In che senso?"

In senso artistico che diamine! Eppoi dici che sono io che la butto sempre in burletta... per una volta che tento di fare un'intervista come si deve!

"Si, buonanotte! Dai, dai continua..."

Eravamo arrivati al punto che tu e Giorgio vi siete conosciuti a Vibo Valentia.

"Ci siamo conosciuti lì. Ci intendemmo subito e ci scambiammo i numeri di telefono. Quando rientrai a Firenze misi su, con l'amico Leonardo Pieraccioni, una trasmissione televisiva che si chiamava "Succo d'arancia". Chiaramente arruolammo anche Giorgio Panariello. Un successone!

....Ti ricordi la storia di "Succo d'arancia" no? Era un programma dove noi fingevamo di fare uno spettacolo da dietro le quinte di una trasmissione televisiva importantissima. Giorgio faceva le imitazioni perchè interpretava un "manager" che doveva portarci i personaggi più famosi. Personaggi che non riusciva mai a portare e che quindi doveva 'fare' lui."

**Me ne ricordo perfettamente.... Fu allora che fondai il primo "Succo d'arancia fans club" fiorentino.
Fu un trionfo!**

Si iscrissero subito anche Franco Zeffirelli, Margherita Hack, Giorgio Saviane, Lamberto Dini e Giorgio Albertazzi....

"Ma quanto sei s..."

Quanto sono cosa?

"Quanto sei s...impatico!"

Non ti distrarre, continua.

"Ma dico io... ma come si fa a fare un'intervista così?"

Così come?

"Lasciamo perdere. Dunque. Dopo due anni di "Succo d'arancia", che nonostante il tuo spirito di rapa fu un successone, Leonardo Pieraccioni ebbe l'opportunità di fare "Dee Jay television", una trasmissione targata Fininvest. Un gran bel colpo. Io mi ero comunque reso conto che, aldilà di Giorgio e Leonardo, c'era già un buon fermento di nuovi comici in Toscana e allora, visto che avevo, o che avevamo, conquistato una certa credibilità a livello regionale e che qualche spazio riuscivamo a trovarlo, decisi di proseguire per quella strada.

E quindi nacque "Vernice fresca" con Niki Giustini, Graziano Salvadori, Gaetano Gennai, Massimo Antichi e tanti altri. Giorgio Panariello si unì a noi nella seconda edizione per precedenti impegni di lavoro. Fu così che si formò la squadra che praticamente, da allora, non si è più divisa."

Nel frattempo però tu hai cominciato a bazzicare sempre di più la Rai dove hai fatto diverse cosette.

"Si, mi sono occupato per due anni del pomeriggio di Rai Uno dove ho condotto "Big", "Uno per tutti" con Maria Teresa Ruta e ho fatto altre cose... Nel frattempo ho continuato la mia professione da solista ma ho sempre mantenuto uno stretto rapporto con la squadra.

Tanto è vero che proprio in quel periodo, mi pare fosse l'estate del novantadue, facemmo un'edizione spettacolare di "Vernice fresca" dalla Bussola, con Giorgio e tutti gli altri...."

A proposito. Diverse volte Panariello ti ha pubblicamente ringraziato per averlo stimolato a continuare. Voleva forse abbandonare?

"Si, c'è stato un momento difficile nella vita di Giorgio e io credo di essergli stato vicino dimostrandogli che lo stimavo. Ho sempre creduto nel suo grande valore artistico. Per me Giorgio e Leonardo sono due fratelli, non a caso abbiamo fatto uno spettacolo insieme che s'intitolava "Fratelli d'Italia"

....Insomma l'ho stimolato, si, e ho creduto in questa sua possibilità di fare il cabaret. Secondo me la sua vera forza non era la semplice imitazione, l'imitazione che faceva lui era una vera e propria caratterizzazione, neanche tanto esasperata.

Lui però poteva crearli i personaggi, inventarseli. E' un grande artista e quindi.... Sono contento di essergli stato utile."

Ora cambiamo momentaneamente argomento. Carlo Conti alla Rai: "Discoring", "Big", "Uno per tutti" con Maria Teresa Ruta e altre cose importanti... Ma è vero che sei il pupillo di Pippo Baudo?

"Io? E chi l'ha detto?"

Lo dicono, lo dicono. Io l'ho sentito dire anche da addetti ai lavori di provata serietà.

"Io non l'ho mai sentito dire."

Metti quindi in dubbio la parola di chi sostiene che sei il "figlioccio" di Pippo?

"Certamente! Che idea! Eppoi se così fosse non ti pare che farei qualcosa d'importante in prima serata? Rispondimi."

Ti faccio umilmente notare che di solito in un'intervista le domande le pone l'intervistatore all'intervistato, e non viceversa. Riprendiamo. Comunque questa è una voce che circola.

"Guarda. Io so che Baudo mi stima, che dice: "Conti è uno bravo". Però per ora non faccio niente."

Cosa si prova a essere "stimati" da Pippo Baudo?

"Ahh, ma che ricominci?"

Sei anche tu uno di quelli che spera nella sua "dipartita" per avere un poco di spazio?

"Ma smettila, dai! Comunque guarda che Baudo è un grande. Il più grande. Un esempio da seguire. E' quello che voglio fare da grande. Io non voglio fare il presentatore, voglio fare il conduttore televisivo, che è cosa ben diversa.

Il presentatore può farlo chiunque, il conduttore no. In Italia, per ora, credo che ci sia soltanto Baudo."

Infatti Frizzi è solo un presentatore.

"Esatto!...Ma che mi fai dire. Comunque anche per Fabrizio tutto il rispetto che...."

Tranquillo, tranquillo. Non ti scusare. L'ho detto io, non tu, che Frizzi è solo un presentatore. Non voglio mica rovinarti un'amicizia.

"Volevo dire che anche Fabrizio è uno bravo. Anzi bravissimo. Magari ha capito di piacere a una parte precisa di pubblico e allora.... Però è uno molto bravo."

D'accordo, si è capito che ti piace un casino anche Frizzi! Ti sei tirato fuori dal mio tentativo di maldicenza. Un po' a fatica ma....

"Tanto alla fine chi decide è il pubblico."

Bella frase. Ci credi veramente?

"Io ho sempre lavorato in questo modo. Trasmissioni come "Vernice fresca" o "Aria fresca" sono state create pensando al pubblico. E non a caso io ho sempre voluto mantenere questo cordone ombelicale col pubblico toscano, quello che mi ha conosciuto, che ci ha conosciuti, attraverso "Vernice fresca". Graziano, Niky, lo stesso Giorgio, che avevano fatto "I cervelloni" con Bonolis, alla Rai, non avevano ancora avuto l'opportunità di esprimersi completamente.

E siccome alla fine è sempre il pubblico che sceglie, è il pubblico che decide le sorti di questo o quel personaggio, abbiamo cercato, con "Aria fresca", di ricreare quella collaudata formula, riservandoci spazi individuali maggiori, per conquistare il favore del pubblico nazionale."

E siamo finalmente arrivati ad "Aria fresca". Il programma nasce dunque con l'obiettivo del pubblico nazionale?

"E' da megalomani ammetterlo ma è così. Speravamo, è naturale, di avere fortuna. Una delle edizioni di "Vernice fresca" l'avevamo già fatta su Cinque Stelle e avevamo vinto l'Oscar per la migliore trasmissione prodotta in Italia dalle televisioni locali. Quindi certe premesse c'erano tutte. C'eravamo convinti che un successone come "Vernice fresca" avrebbe funzionato anche fuori dalla Toscana. Tu m'insegni che se una battuta è buona fa ridere a Firenze come a Bologna, o a Milano come a Canicattì. Un film di Totò va bene dappertutto! Con Benigni si ride in tutta l'Italia..."

Meno che ad Arcore...

"Eh eh. Si forse li con Benigni ridono un po' meno..."

Prosegui.

"Quindi forti di questa convinzione abbiamo cercato di dimostrare che c'era un gruppo di giovani, un gruppo di trentenni, che avevano qualcosa da dire e che erano capaci di divertire la gente.

Fino a quel momento c'era mancata l'opportunità di esibirci tutti insieme, e tutti con lo spazio necessario, in un'emittente che trasmettesse contemporaneamente in tutta l'Italia. Allora abbiamo acchiappato al volo l'opportunità di Videomusic. Finalmente un imprenditore, Vittorio Cecchi Gori, che credeva in noi, che credeva in questo gruppo di talenti nostrani!

Non a caso lui viene dal cinema, dove ha prodotto Benigni, Nuti, Benvenuti e quindi conosce il potenziale della simpatia toscana. Poi è fiorentino anche lui e allora...."

Come avete affrontato il grande passo?

"E' chiaro che in quel momento, devo dirlo sinceramente, forse non tutti erano già pronti per questo salto.

E non tutti erano della stessa caratura ma comunque, intelligentemente, il gruppo ha capito che c'era un Panariello da lanciare come superstar ma che c'era anche tutto lo spazio necessario per fargli crescere intorno validi, validissimi, comprimari.

Abbiamo affrontato tutto con molta onestà, guardandoci in faccia. E abbiamo anche deciso di fare un "acquisto" femminile, Katia Beni, e un "acquisto" napoletano, Lucio Caizzi."

E così siete partiti. Ma veramente, e quì devi essere sincero, non avete mai avuto screzi o rancori? O le solite invidiole tra artisti?

"Assolutamente no."

Giuralo sulla testa dei tuoi figli.

"Lo farci, ma non ho figli!"

Allora giuralo sulla testa di Pippo Baudo.

"Lo giuro!"

Speriamo di non esserci giocati il Pippo nazionale. Ma te lo aspettavi un successo così clamoroso?

"Tanto clamoroso no. Avevo la convinzione di poter fare bene, credevo ciecamente nel gruppo, ma anche la mia più rosea previsione è stata superata. Anche perchè non pensavo che in tempi così rapidi potessimo far entrarc i nostri tormentoni nella testa dei bolognesi, dei milanesi, dei torinesi.

Da Pordenone a Roma, a Palermo... ovunque arrivava il segnale di Videomusic siamo arrivati noi, in maniera nazionalpopolare..."

Questa è una baudata...

"Si, questa è una baudata ma è vero. Per me un intrattenimento nazionalpopolare è quello che riesce a divertire il ragazzino, la casalinga, la nonna, il professionista, lo zio, il cugino, l'operaio, l'imprenditore... E pare che noi ci siamo riusciti."

Facevi prima a dire "tutti"! Ora io non so se "Aria fresca" è "nazionalpopolare", che è un termine che mi piace poco perchè mi ricorda un signore tedesco coi baffetti a spazzola, ma il vostro successo è stato veramente strepitoso.

"E io ne sono felicissimo, come puoi immaginare."

Immagino. Lo sai che ultimamente si sentono in giro molti dei vostri tormentoni?

"Si lo so, ed è ganzissimo! Ci siamo riusciti! Ora va un casino tra i giovani rispondere: "Si si, scusa, scusa". Pensa che, camminando per Castrocaro, a parte i gruppi di ragazzi che mi gridavano "Saluta tutti ehhh!!", tre signore in automobile, cinquantenni o giù di li, si sono sono affacciate al finestrino e mi hanno fatto: "O Garloooo!!"

E' il segno che avete proprio fatto centro.

Senti questa. In un bar di Roma un signore quarantenne, distinto, in giacca e cravatta, è insieme ad altra gente. Sono allegri e scherzano tra di loro. A un certo punto questo ti si piazza davanti a uno specchio e, rifacendo la mossa di Giorgio, dice: "Fortunatamente c'ho 'na determinata podenza ne' bracci!!"... Ti pui immaginare quando un amico, ch'era entrato per comprare le sigarette, ci racconta la scena....grande, grande soddisfazione."

Parli sempre al plurale: "noi", "ci siamo", "abbiamo".... Se non si tratta del plurale maiestatis è davvero un bel gesto di altruismo da parte tua... Il vostro sembra un gruppo assai compatto, ma è facile da gestire?

"E' un po' come gestire uno spogliatoio di calcio. C'è quello che è in sintonia con uno e meno con quell'altro, ci sono gli alti e i bassi dei vari caratteri, le critiche utili e quelle meno utili, quello più in forma e quello meno in forma... Insomma bisogna gestire un po' tutto questo. Ma sempre senza cattiveria però! Anche se devo confessarti che in certi momenti è stata un pochino duretta, e che in un paio di occasioni m'è venuta anche la voglia di mandare tutto a qual paese.

Però lo spirito di gruppo ha sempre prevalso. Io sono uno veramente convinto che l'unione fa la forza e credo di averlo dimostrato. L'unico modo nel quale noi potevamo far vedere quello che sapevamo fare era di farlo tutti insieme. E "Aria fresca" è stata la nostra grande vetrina."

Ora spiegami cosa intendi quando dici che "Aria fresca" è stata una "nuova ventata" nella televisione italiana.

"Lo spot che annunciava la trasmissione era: Raiuno, Raidue, Raitre, Retequattro, Canale 5, Italia 1...Ahh, la televisione italiana ha bisogno di una boccata d'aria fresca!...."

Ed è stato così? Avete soffiato via l'aria vecchia dalla televisione?

"Ci abbiamo provato, e ci proveremo ancora!"

Di cosa ha bisogno la nostra televisione?

"Ha bisogno di facce nuove, fresche, sia davanti che dietro al video. Ha bisogno di ricambi, e il nostro successo sta lì a dimostrarlo. Dove si era mai visto un pubblico partecipe come il nostro? Un pubblico pagante, e sottolineo pagante, che partecipava in quella maniera? Forse solo nelle trasmissioni arboriane tipo "Indietro tutta"...."

Con la differenza che lì il pubblico, anzichè essere pagante, era pagato.

"Meglio ancora!... Effettivamente si, lì il pubblico era una parte integrante dello spettacolo. Vedi che allora abbiamo fatto una gran cosa? Sei personaggi nuovi, anche se magari avevano già fatto delle piccole cose in Rai o in Fininvest, dove però non avevano mai avuto la possibilità di esprimersi al cento per cento, hanno funzionato alla grande, hanno dimostrato di poter essere all'altezza di altri personaggi più blasonati e più pompati dalle televisioni nazionali. Se a un cavallo non lo fai correre per un'intera gara, ma gli fai fare solo cento metri per volta, non potrai mai sapere quanto va forte.

Se invece gli fai fare dieci giri di pista quello può

dimostrarti che i suoi tempi sono buoni. Il concetto è questo."

E' bella questa tua metafora ippica. Prima ne hai usata una calcistica, la prossima toccherà al ciclismo?

"Sempre più spiritoso eh?"

Serve per sdrammatizzare. Ora dimmi se, secondo te, gli italiani sanno ridere.

"Alcuni si e altri no. Diciamocelo chiaro, una buona parte dell'Italia ride con Martufello."

Questa è cattiva... povero Martufello.

"Ma è la verità. Con tutto il rispetto per Martufello."

Se è per questo gli italiani ridono anche con Boldi.

"Si. Ma perlomeno Boldi, all'inizio, qualcosa da dire ce l'aveva. Poi può essersi sciupato, ma all'inizio faceva delle cose geniali con Teocoli."

E' una tua rispettabile ma opinabilissima opinione. A me, Boldi e Teocoli, facevano venire l'orticaria.

"Vedi com'è difficile trovare una comicità che vada bene a tutti?

E questo non fa che confermare la giustezza delle scelte fatte dal nostro gruppo. Noi abbiamo un ventaglio di comicità diverse. "Aria fresca" vuole proporre l'alternativa tra la comicità rarefatta, surreale, quella di Andrea Cambi per esempio, e la comicità istrionica, magistralmente caratterizzata, di Giorgio Panariello. E anche gli altri ragazzi sono diversi l'uno dall'altro e tentano di abbracciare un po' tutti gli stili. Quindi se all'adulto piace l'imitatore o Mario il bagnino, i giovani magari ridono di più con Simone e Merigo, il ragazzino si diverte un sacco con le scemenze dell' Achille di Salvadori o con le gags esasperate dell'Anonimo... che sembra un personaggio di Vigorelli."

Quale Vigorelli? Quello del trucidume giornalistico?

"Si, proprio quel Vigorelli che faceva un tipo d'informazione, la cosiddetta "televisione verità", mandando in onda...."

Spazzatura! Trucidume! L'ho già detto io per salvarti la carriera alla Rai.

"Diciamo che trattava certi casi in maniera un po' troppo forte."

Brrr.... Il vampiresco Vigorelli mi mette i brividi solo a nominarlo. Cambiamo argomento. Tu credi che la toscanaggine vi abbia aiutati? Pensi che dopo il filone milanese, quello romano e quello napoletano sia ora la volta dei toscani?

"La caratteristica di "Aria fresca", anche secondo la direzione dell'emittente che ci ospitava, pur rivolgendosi all'intero pubblico italiano, doveva restare la toscanità. Ed è stata una scelta giusta perchè secondo me noi abbiamo il passepartout per entrare ovunque, dalla val d'Aosta alla Sicilia. Il toscano piace anche solo come parlata. Poi non ci dimentichiamo che abbiamo avuto degli apripista del calibro di Roberto Benigni, di Francesco Nuti e di Alessandro Benvenuti. Tre talentacci del genere non hanno tracciato una strada ma un'autostrada!"

Secondo me hai la stoffa del perfetto diplomatico: dai sempre un colpo al cerchio degli altri e quattro alla botte tua.

E a questo punto voglio anche complimentarmi con te per l'assoluta apoliticità della vostra trasmissione. Ho sempre apprezzato, e credo come me molti altri, il fatto che voi non siete schierati politicamente. In un Paese dove la comicità e la satira hanno sempre un colore questo è un gran merito.

"Noi non abbiamo mai voluto mischiare la politica col nostro spettacolo. Questo anche perchè siamo di una generazione che non ha pensato molto alla politica.

Certamente ognuno di noi ha le proprie idee. Alcuni sono di destra, alcuni sono di centro e altri di sinistra, ma tutti facciamo volentieri a meno delle etichette.

E anche su un'altra cosa siamo sempre stati d'accordo, nel non prendere in giro la religione.

Non per fare i bigotti o altro, ma semplicemente perchè lo riteniamo giusto."

Tutti ligi al famoso detto "Scherza coi fanti e lascia stare i Santi" dunque. In ogni modo la vostra apoliticità va applaudita.

"Noi non siamo al servizio di nessuno. Anche se questo non è molto apprezzato da alcuni giornali che forse preferiscono... Certa stampa parla più volentieri di chi si schiera."

Sarà perchè da noi scrive soltanto chi è schierato?

"Probabilmente."

Non fartene un cruccio, continua così e vedrai che presto "Aria fresca" la farete in uno stadio.

"Speriamo!"

Guarda che non hai capito la battuta. Io intendevo dire che la farete "rinchiusi" in uno stadio, alla maniera cilena. Da noi chi non fa scelte politiche rischia grosso!

"Che bella spiritosaggine! Vomitevole. Non lo dire neanche per scherzo. Gli italiani sono troppo intelligenti."

E allora per le prossime domande adotterò uno stile più consono, più italico, uno stile marzulliano. Cosa sognate?

E nei vostri sogni quali traguardi agognate?

E i sogni vi aiutano a capire dove volete arrivare?

"Che fesso che sei."

Rispondi seriamente, come risponderesti al grande Marzullo.

"Io credo che ognuno di noi possa viaggiare con le proprie gambe perchè il nostro è si un gruppo, ma ognuno di noi è libero di fare la propria corsa. Non a caso Giorgio Panariello fa i suoi spettacoli teatrali e ottiene meritati consensi da solo. Non a caso anche io e gli altri facciamo, separatamente, diverse cose. Ti dicevo che "Aria fresca" è come una squadra di calcio...."

Mi avevi promesso una metafora ciclistica.

"Non ti ascolto più....Dicevo che noi abbiamo in squadra un Maradona, che è Giorgio, però sappiamo tutti che per vincere lo scudetto non basta il funambolo d'attacco. Bisogna avere anche buoni difensori, un buon centrocampo, una buona panchina. E in una squadra che funziona i giocatori si possono anche vendere, si possono dare in prestito, si possono acquistare. L'importante è che la squadra faccia un buon campionato."

Sono commosso. E con gli arbitri come va?

"L'unico arbitro è il pubblico."

Questa mi pare di averla già sentita da qualche parte.

"Comunque poi ognuno corre per conto suo, lo ripeto. Io voglio condurre programmi, ne condurrò altri oltre a questo. A me piace mettere al servizio di altre trasmissioni la piccola o grande esperienza che ho maturato."

Ma che fai? Ora rispondi anche senza che ti abbia fatto la domanda? Stiamo alle regole per favore. Chi ti senti di dover ringraziare per essere arrivato dove sei arrivato?

"Prima di tutto il pubblico... ma realmente, non per dire."

Non è un'altra baudata questa?

"No no. Ora non scherzo. Devo veramente ringraziare il pubblico perchè mi ha, o meglio, ci ha, dato veramente un grande stimolo. Quando dopo il primo "Succo d'arancia" e il primo "Vernice fresca" andavamo nelle piazze a fare gli spettacoli e vedevamo che la gente aumentava di sera in sera, che ad ogni tappa era sempre più numerosa, ricevevamo una bella spinta. Quando le nostre trasmissioni televisive ottenevano ottimi ascolti, tangibili e verificabili proprio nelle piazze, ci caricavamo di coraggio. Quindi prima di tutto devo ringraziare il pubblico toscano che ci ha dato gli stimoli per crescere, e poi il pubblico nazionale, tutto il pubblico di "Aria fresca"

Oltre che al pubblico a chi senti di dovere qualcosa?

"Personalmente a chi mi ha sempre sostenuto, per esempio a Ferdinando Capecchi. A Gabriella della Vegastar, che è stata un importante elemento di coesione tra noi tutti. Poi a coloro che hanno creduto in noi strada facendo: a Gherardo Guidi della Bussola, che mi ha dato fiducia quasi a scatola chiusa, alla Sasch, che da sempre ha investito su di noi. E ancora, via via elencando, ai dirigenti di Videomusic, a quelli di Teleregione ancor prima, e prima ancora a Maurizio Montagni di Telecentrotoscana."

Hai fatto bene a nominare Maurizio Montagni perchè è uno che ci tiene e perchè può tornare sempre utile.

"Maurizio è un ganzo."

Per forza, è amico mio! E ora l'ultima domanda. Quella più importante, quella più pregna di contenuti. Perchè, secondo te, la gente dovrebbe comprare un libro come questo?

"Perchè l'hai scritto te."

No, non scherziamo.....

"Sono serissimo."

Cerca di essere ancora più serio.

"Allora perchè te hai intervistato me."

Facciamola finita altrimenti andiamo avanti così per due giorni. Sforzati, dammi una risposta sensata.

"Secondo me dovrebbero comprarlo perchè credo sia un libro divertente, dove si possono scoprire cose che non si vedono in televisione ma, soprattutto, perchè m'hanno detto che l'editore ha una cugina molto bona e disponibile!"

Mezz' avvoi!

Giorgio Panariello è nato trentacinque anni fa nel segno della Bilancia. E' alto un metro e settantatrè centimetri e calza il quaranta, lo stesso numero di piede del grande Maradona. E' di carnagione olivastra (che però sbianca in inverno). Quando non rispetta diete ipocaloriche (pannelliane) tende ad ingrassare. Colleziona fumetti di Dylan Dog e di Tex Willer ed è un appassionato cinefilo. Ha i capelli naturalmente brizzolati ed è ghiotto di pesce.

Il critico più duro, quello meno accomodante, lui se lo trova davanti ogni volta che si guarda allo specchio. Infatti Giorgio Panariello è uno di quei pochi professionisti che si mettono continuamente in discussione, che si riguardano le bucce anche, e soprattutto, quando le cose sembrano andare bene. E' un perfezionista nel senso migliore del termine pur se confessa di riguardarsi malvolentieri, di rivedersi con un certo patimento in quelle registrazioni che gli servono per potersi correggere, per migliorarsi. Lui dice che - "...anche laddove la gente si butta via dalle risate" - si trova sempre qualcosa che non va, qualcosa che si poteva fare meglio.

Non capisce i comici emergenti - lui li chiama: "i blasonati" - quando sono ossessivamente impegnati nella ricerca di contenuti, di significati socio-politici che diano un "senso" alle loro performances. Secondo lui così facendo essi finiscono per inquinare la comicità vera, quella semplice, immediata, senza tante masturbazioni cerebrali. Quella comicità ruspante che invece ha fatto la fortuna "dell'anda e rianda" dei personaggi che assaltavano il palcoscenico di "Aria fresca". Comunque, da come parla, e da quello che racconta, si capisce bene che quelle che lui definisce modestamente delle "semplici bischerate" sono in realtà delle studiatissime caratterizzazioni, meticolose rappresentazioni comiche già ben collaudate nelle piazze di mezza Italia.

Il suo grande amore è il teatro, dove ha già ottenuto enormi successi con un suo spettacolo intitolato "La legge è ovale per tutti!" - "...ma anche il cinema", dice strizzando maliziosamente l'occhio - Comunque lui non è di quelli che praticano la televisione con atteggiamento snob, anzi, lui sostiene che è un mezzo importantissimo, e che forse è l'unico mezzo valido, oggigiorno, per farsi conoscere dal grande pubblico, da quel pubblico che poi potrà apprezzarlo in teatro o in qualche film. Quindi Giorgio non sottostima affatto il successo che ha avuto, e che continua ad avere nel piccolo schermo anche se, dice serio: "E' bene non esagerare con le apparizioni, altrimenti si rischia di venire a noia!".

Quando parla dei suoi personaggi, di Lello Splendor, di Merigo o dell'inimitabile bagnino tutto pancetta e muscoli, Giorgio Panariello lo fa senza ostentazioni, con tenerezza, come se raccontasse di gente vera, di conoscenze vecchie e nuove che gli hanno concesso, per amicizia, il permesso di scherzare sui loro piccoli difetti. Di loro dice:

"Lello Splendor è stato il mio primo personaggio. E' un matto buono, uno che m'intenerisce.

E' un telesconvolto con la testa piena di quiz, di slogans...."

"Mario il bagnino è un cocktail di tutti i bagnini della Versilia. E' spaccone, è bugiardo, e lo è per sua natura, non per posa. E' il prototipo del millantatore da Bar Sport, del timido che si ripara dietro la guittaggine. Comunque, secondo me, come i tipi reali ai quali mi sono ispirato, Mario ha un'anima meravigliosa."

"Nando è il classico impresario maneggione. Ogni riferimento al mio vero impresario, anche se lui non ci tiene a farlo sapere, non è per niente casuale. Nando è un iperattivo, una forza della natura, uno che per lo spettacolo ha tutto, tutto!

Qualunque cosa tu gli chieda lui ce l'ha: dal comico... al coccodrillo!"

"Merigo è uno che abbiamo conosciuto tutti: è il beone del paese. Lui vive per bere. Una sua caratteristica è quella, comune a tutti i Merighi nostrani, di portarsi dietro una vecchia bicicletta sulla quale non monta mai... la usa per mantenersi in piedi, come fosse un bastone con le ruote, una protesi. E quando, come accadeva veramente nelle burle di paese, gli amici gliela portano via, comiciano i dolori...."

"Simone è un bambino moderno, di quelli cresciuti a pane, Nutella e televisione. E' un fanatico dei "Power Rangers" che martirizza chiunque lo tenga a bada, in particolare suo nonno. E' una fotografia, leggermente ritoccata, del pargolo "criminale" e rompiscatole. Un figlio dei nostri tempi insomma."

Com'era facile prevedere, Giorgio Panariello stravede per questa banda di "amici" personali. Gli vuole un bene da matti! E quando uno prova a chiedergli quanta fatica gli costa il rappresentarli tutti in un solo spettacolo sorride, gonfia il petto, mostra i bicipiti e spiega:
"...Modestamente, c'ho 'na determinata potenza ne' bracci!"

RIA
SCA

O Robertaaa... saluta tutti eehhh!?

(Nando)

***

"....O Robertaaa, dimmi!... uuhhmm, uuhmm, si ho capito... per la sfilata di domani sera ehhh? uumhh, dimmi Roberta... Cosa vogliono?.... Dolce e Gabbanaaa?... No, no, al massimo gli si da il caffè e l'ammazzacaffè!!.... "

***

- Signor Nando, voi organizzate anche dei party? -
"No per quello c'abbiamo un ginecologo apposta...."

***

"Prontooo! O Robertaaaa, dimmi. ....Ummhh....che c'è Ray Charles? Per la "Sagra della Bruschetta"? Va bene vallo a prendere all'aereoporto, mi raccomando eehh!!.... si, si, con la macchina.... No, l'autista un serve, la guida lui la macchina, l'ho visto in televisione.... Mi raccomando eeehhhh!..... Robertaaa, saluta tutti eehhhh!"

***

"...Gliela vogliamo dare una sterzata a questo show? Glieli porto io gli artisti.... eehhhh!"

- *No, grazie, la serata va bene così....* -

"Che gli interesserebbe mica una ballerina?"

- *No.* -

"Che gli interesserebbe mica un cantante?"

- *No.* -

"Che gli interesserebbe mica un cabarettista?

- *No.* -

"E una Simmenthal con tante verdurine tagliate fini fini fini fini fini che non può dire di no?!"

***

"Signor Conti lei mi dovrebbe dare una mano perchè c'avrei un mio amico che fa l'idraulico, un brav'uomo... che c'ha una figliola che vor fà la ballerina e che balla molto bene..."

- *Balla sui cubi?* -

"No, sui tubi!.... gliel'ha insegnato il su' babbo eehhhh!!"

- *Ma figuriamoci! E che fa questa ragazza? Ha già fatto qualcosa?* -

"Si, ha fatto anche un film, un so se l'ha visto... "Balla coi tubi"... Un film molto bello eeehhhh!"

***

"Prontooo!....O Roberta, dimmi....ummhh.... va bene, va bene passamelo, siiii?.....Come stai? ai,ai,ai..... e il tu' libro come va, a, a, a..... te stai bene? ene, ene, ene.... saluta tutti ehh, ehh, ehh, ehh...."

- *Chi era?*-

"Era Umberto Eco."

***

"Che gli interesserebbe mica un disc jockey bravissimo che c'ha un problema con la famiglia e gli voglio da' una mano?"

- *Perchè? Che problema è?* -

"C'ha un problema con la famiglia.... c'ha un problema, roba d'incomprensione..."

- *Incomprensione?* -

"Si, c'ha la mamma polacca e il babbo turco.... e allora c'ha dei problemi..."

- *Ma è veramente bravo?* -

"Bravissimo! Lui fa una musica molto forte, una musica di tendenza....eehhh!"

- *Ah, va be', quindi un martellone, uno di tendenza...* -

" No no, di tendenza nel senso che dopo un po' tende a rompe' coglioni... "

***

"....siccome vedo che stasera ci sono anche i giocatori del Parma, io c'avrei anche un calciatore molto bravo, un attaccante fortissimo che col Parma c'andrebbe bene eehhh! ...soprattutto perchè come sponsor c'ha la Parmalat..."

- *Perchè fa molti gol?* -

"No, perchè fa veni' il latte a'ginocchi!"

***

"...Che gl'interessano artisti da circo?...perchè c'avrei l'omo più forte del mondo eehhh! L'omo più forte del mondo, quello che alza la roba senza usa' i bracci...."

- *E chi è?* -

"Membro Kid!....E' bravissimo eeehhhh!"

- *Ma viaaa...* -

"O sennò c'avrei il mangiatore di fagioli...."

- *Il mangiatore di fagioli? E che attrazione è?* -
"....a trazione posteriore!"

***

"Prontoooo!....O Roberta, dimmi!... Chi c'è? Pannella?... uhmm, uhmmm... C'ha fatto Pannella?... Ha finito l'erbaaa?... Mandiamogli il ghiaino... tanto fuma anche quello ehhhh!!"

***

"...ho lavorato molto per rimettere insieme i Beatles."
- *I Beatles? Per riformare lo storico gruppo?* -
"No, e m'è cascata in terra la bacheca... c'avevo tutte le cassette dei Beatles in terra!!.... m'è toccato risistemalle tutte eehhh!... c'ho messo una settimana!"

***

" Senta un gl'interesserebbe mica.... e ci s'avrebbe un appartamentino libero a Roma, di quel sindacalista...."
- *Di D'Antoni?* -
"Si, D'antoni... quattro vani..."
- *Quattro stanze?* -
"No, quattro vani tentativi di buttallo fori ma un c'è stato verso!!"
- *Mi pare fosse una casa dell'INPS?* -
"Eh noo?... Alloraaaa... quello ha sentito la polemica... e c'aveva dentro anche la Jacuzzi... in una casa dell'INPS quello c'aveva la Jacuzzi pe' fassi l'idromassaggio... Quando l'han saputo tutti i pensionati italiani quando facevano il bagno lo facevano con l'idromassaggio!"
- *Anche loro Jacuzzi?* -
"Nooo.... e gli girava 'coglioni e gli facevano 'l movimento nell'acqua!!"

***

"Prontooo... O Roberta, dimmi!.... E ce l'ho, ce l'ho!... uhmmm... va bene Roberta... Te lo fo' faccio dire da loro.... Robertaaa!!!.... "

- (tutti) **Saluta tutti ehhhh!!** -

O Bigeee.... che digeeee?
(Mario)

***

"....Alloraaaa.... 'emma cane, tutto beneeee?"
- *Ciao Mario.* -
"Allora calimero, tutto bene?"
- *Scusa, ma perchè porti gli occhiali sulla nuca?* -
"Perchè questo è il periodo del Ferragosto e allora noi bagnini isogna ave' gli occhi anche didietro!...."
- *Capisco, capisco...* -
"....Bisogna sta' attenti insomma. Ma io c'ho 'na potenza ne' bracci determinata, datami digiamo dalla focaccia con la cecina digiamo...."
- *Si,si.. che poi è il cibo prediletto da Mario...* -
" Va' che addominali o Conti!"
- *Si si...* -
"Va' che polpacci!"
-*Vedo. Senti, questo è un periodo di grande affluenza, di una grande affluenza di turismo di massa...* -

"Di Massa, di Carrara, di La Spezia, di Pistoia.... ce n'è diversi digiamo, anco digiamo della riviera digiamo..."

- *Anche stranieri!* -

"Anche stranieri, tedeschi digiamo. Stamattina è venuto uno e mi fa digeeee...Sprechindoicce?... Digooo...ma, per me tu sprechi il fiato perchè io.... un me ne 'ntendo di queste cose!"

***

- *Il bagno di Mario è un bagno importante, dove ci sono molte vedettes....*-

"Si, anche stamattina ne so' venute un paio... "

- *Di che?*

"Di vedette dei carabinieri.... "

- *No, intendevo di vedettes... nel senso di personaggi famosi, di politici.* -

"Ahh, di politigi!....Stamattina, m'ha fatto già arrabbià coso lì.... come si chiama: Prodi!"

- *Anche Prodi è venuto?* -

"Bahh. E gli ho detto: "O Romano, vieni a sposta' il pullman!!"...
Me l'aveva messo davanti al bagno e un passava più la gente..."

- *Ma che dici!"*-

"O Garlo!... Poi sta' a sentì, stamattina è venuto anche Dini..."

- *Dini chi? Il presidente del Consiglio?* -

"Lamberto!... Marianna gane, lo conosco... veniva al mare con la lamberta...."

- *Con la lambretta....* -

"Si 'n somma, co' la lambretta digiamo.... veniva al mare da tanto tempo.

Allora è venuto lì... o Garlo, ha incominciato a di': "Quì bisogna fa' de' tagli!"....

- *Eh si, i tagli...* -

"Ha 'ncominciato a di': "Quì ci vogliono tre gabine di meno, quattro ombrelloni di meno, lettini a castello... si piglia il sole 'na volta per uno..." Gli ho detto...stai a sentì', sai che si fa?

I clienti che vogliono fa' le sabbiature si seppelliscono col culo di fori così si fa anche un parcheggio per le biciglette!"

***

-Ora raccontaci di quella volta che salvasti Giuliano Ferrara. -

"La ciggia di gallina a ripensacci!"

- Vuoi dire la pelle d'oca! -

"La pelle d'oca a ripensacci!... O Garlooo... Erimo lì...."

- Bene. -

"Erimo io, Giovà, Fernà, Francè el Cà... c'era anco la Beatrige, quella che faceva la pittrige ma 'n vendeva 'na cornige e a sentì' quel che si dige 'na peccatrige perchè gli garba più il pennello della vernige..."

- Va be', e allora? -

"O Garlo! Sta' a sentì!... Viene di corsa da me la Bige e mi fa: O Mario! Dico: O Bigeeeee..."

- (tutti) **Che diceeee? -**

"Loro presenti.... dige, cammina di corsa, andiamo che c'è Giuliano Ferrara che affoga!... Noi erimo lì che si mangiavimo..."

- Mangiavamo! -

"Serimo mangiaviti... s'era lì che serimo a mangiare..."

- Abbiamo capito, stavate mangiando! -

"... Leggeri, perchè d'estate bisogna stare...."

- Cosa mangiavate? -

"Un capodoglio al peperoncino!"

- Un capodoglio? -

"Un capodoglio aglio, oglio e peperoncino...."

- Si! E allora? -

"...Ero verso il pezzo della coda.. e questa dige... cammina di corsa no!.."

- *E tu ti sei precipitato!* -

" Finisco di mangia', vado a fa' una dormitina una mezz'ora e mezzo... eppoi mi butto nell'acqua! Che poi lo sai che io vado come le schegge no?"

- *Ehh, certo che lo so.* -

"Nota, nota, nota, nota, nota, notaaa... O Garlooo!... a un certo punto sento una botta nella testa! O Garlooo! Un dolore così forte non l'ho mai sentito neanco quand'è cascata la mi' figliola dal motorino!!... O Garlooo... 'ndovina dov'ero picchiato?"

- *Dove? Cos'era?* -

"La barriera corallina!"

- *Ma che dici! La barriera corallina...* -

"O Garloooo!..."

- *Si, dai... e allora che hai fatto?* -

" Ho battuto la punizione e ho continuato.... A un certo punto o Garlo!... 'nsomma arrivo nella zona dove c'è Giuliano Ferrara: Era lì che digieva: "Aiuto, aiuto bevo bevo!" e io "Salute!", perchè gi vuole anche una certa educazione no?!..."

- *Beh, certo certo, capisco.* -

"Stò per aguantallo, pe' tirallo su... O Garloo!!... Di tutti i punti dove si poteva agguantà indovina dove m'ha agguantato!?"

- *Cioè lui si è attaccato?...* -

"Si, m'ha preso al volo, hai visto quando annaspeno no?"

- *E dove ti ha preso? In un orecchio?* -

" Più giù..."

- *Alla gola?* -

"....'n poghino più giù."

- *In un braccio?* -

"Se era un braccio dev'esse' stato ingessato perchè... O Garlo! Un doloreeee!..."

- Cioè, t'ha preso lì? Giuliano Ferrara s'è aggrappato lì?-

"Al marsupio!... Allora io, notando all'indietro, con 'na determinada podenza ne' bracci!...."

- Esagerato! -

"O Garlooo! Una volta c'ho portato un traghetto da Piombino fino all'isola d'Elba a questa maniera..."

- Siii... figurati! Ma insomma questo Giuliano Ferrara l'hai portato a riva o no? -

"Giuliano Ferrara lo porto a riva no!...e lo butto sulla riva lì! Arrivino quelli del Bagnoschiuma...."

- Del bagno accanto... -

"Del bagno accanto, che voleveno dire... come per di' che l'aveveno salvato loro..."

- Ah, volevano fare i furbi. -

"Gli pigiaveno la pancia e lui quì....fiuuuu.... acqua! Voleveno chiama' Greempeace: sembrava una balena!...Pigiaveno la pancia e lui... sccciuu... buttava acqua dalla bocca... pigiaveno e buttava, pigiaveno e buttava... pigiaveno e buttava.... Allora gli ho detto....

O gente! Mica pe' insegnavvi il mestiere... ma se un gli levate il culo dall'acqua e vi pompate tutto il mar Tirreno!!"

***

".....rema, rema, rema mi passa avanti un tonno che andava come una scheggia!"

- Un tonno? -

"O Garlo...un tonno....come una scheggia... e allora io che faccio? Lo risupero."

- E poi? -

-"Quello mi risupera. O garlo!! Lo risupero un'altra volta. Lui mi risupera un'altra volta. Io lo risupero un'altra volta e lui mi risupera... o Garlo, un c'è l'ho fatta a risuperallo!"

- O che tonno era? -
"Il tonno insuperabile!.... un dico mica bugie!! Gli fanno anche la pubblicità in televisione!"

***

(a proposito della perenne abbronzatura di Carlo Conti)
"O Garlooo!... levami una curiosità...."
- Se posso. -
" Ma te sei al latte o fondente?!"

***

...O stupido!
(Merigo)

***

"....Ohhh, noooo! Ohhh, noooo! Alloraaa... 'Scolta, o Stecco Ducale! Non fare tanto lo stupido...."

- *Venga Merigo, venga.* -

"Alloraaa... noi si vuole bere in pace perchè...Ohhh, non fare tanto lo Scaramacai ecco... "

- *Chi, io?...Venga, venga Merigo, metta quì la sua bicicletta tanto non gliela tocca nessuno.* -

"St'attento ohhh.... allora!"

- *Non si preoccupi, ci penso io. Scusi, ma cos'è questo santo che ha messo davanti al manubrio?* -

"E' il mio santo protettore...."

- *Cioè?* -

"San Gimignano... il patrono della Vernaccia!"

- *Posso mettere via la bicicletta?* -

"Fai pianino.... oohh, ascolta.... o Butraghegno!"

- *Guardi, la metto quì, stìa tranquillo.* -

"Non fare tanto lo stupido ehhh... alloraaaa!"

- Mi raccomando Merigo, non mi faccia fare figuracce. Ci sono venuti a trovare tanti amici, tanti ospiti importanti: gente dello spettacolo, calciatori... -

"Ma anche i calciatori...ohhh! ....glu, glu, glu... trincano!"

. *- Si, stai a vedere che ora i calciatori... -*

"Siii, è verooo... l'ho sentito in televisione!"

- Ma cosa? Che i calciatori bevono? -

"Sii...ohhh... l'hanno detto... hanno detto che l'attaccante c'ha un dribling che ubriaca!!.."

***

"Ieri sera ho visto le stelle."

- Cadenti? -

"No, cadendo.... dalla bicicletta."

- Per forza! Brillo com'era... -

"Brillo?...ooohhh... allora!!!... o Pabloneruda!...

Non fare tanto lo stupido perchè ti do un camuffo nel musooo...

Allora, ero con la mia bicicletta... ehhh... a un certo punto m'ha attraversato la strada un quadrupede."

- E cos'era? Che quadrupede era? -

"A occhio e croce era un gatto!"

- Ah, un gatto. -

- "....Questo gatto.... alloraaa... io sono arrivato, andavo velocissimo eehhh.... allora gli sono pistato contro!"

- Come pistato? -

"Si, come quando si dice pistaaaa..."

- E l'ha preso? -

"Pieno!... Il gatto l'ho spalmato... c'ho fatto il "gattorade"

- Ma lei è caduto? -

"Alloraaaa... dopo... sono cascato di là."

- E il gatto? -

"Il gatto ha cominciato a soffiare.... faceva fffiuuuu, fffiiuuu, fffiiiiuuu e allora gli ho detto....O stupidooo!...Prima mi butti in terra con la bicicletta eppoi mi voi anche spengere il lume?"

***

(E' sparita la bicicletta!).

"....Alloraaaa, alloraaaa.... trenta secondi per riportare la bicicletta al suo legittimo proprietario!!... Sennò ti do un camuffo nel muso che la testa te la giro da quell'altra parte... che dopo i brufoli te li devi levare co' un colpo di tacco!!"

***

...Si, si... scusa, scusa!
(Lello)

***

"....Mezz'avvoi!! Lello Splendor!!"

- (coro) ....**Lello Lello, olè / Lello Lello, olè / Lello Lello, olè / Lello Lello olè....** -

- *Si metta la cuffia per il cruciverbone.* -

"..Si,si...scusa,scusa... Mi sentoooooo!!"

- *Orizzontale o verticale?* -

"Meridionale!!"

- *Ma che dice! Andiamo con la definizione: Sigla della Croce Rossa..*-

"Posso comprà 'na vogaleee??"

- *Ma che comprare una vocale!... E' facilissima... sigla della Croce Rossa....* "

"Mo mi!"

- *Gli ho detto... sigla della Croce Rossa..*"

"Mo mi!"

- *Ma come mo mi?...*" -

"Come fa la sirena quando va!!...momi, momi, momi, momi...!"

- (coro) ...**Il ragazzo gioca bene / il ragazzo gioca beneeee...il ragazzo gioca bene / il ragazzo gioca bene!!** -
"Lellooo Splendooor!!"

***

"...Mezz'avvoiii....Lello Splendor!!"
- (coro) ...**O mamma mamma mamma / O mamma mamma mamma / Sai perchè, mi batte il corazon / Ho visto Lello Splendor / Ho visto Lello Splendor / O mammà, innamorato son.** -
- *Ora si calmi e passiamo alla domanda. Si metta la cuffia..* -
"Si, si.... scusa, scusa... mi sentooooooo!!"
- *Orizzontale o verticale?* -
"Meridionaleeee!!
- (coro)... **Nudo! Nudo! Nudo! Nudo! Nudo!** -
- *Ma cosa fa? Ma è matto?* -
"Tiro fuori il cernobill?!"
- *Stia fermo!* -
" *(intona)*...Se, per la permanente basta un'ora / che fretta c'era / maledetta parrucchiera...."
- *Ora la domanda.... E' il giornale di Veltroni.* -
"Rendiglieloooo!!"
- *Ma che dice?* -
" *(intona)*... Che ne sai tu di un crampo a una mano..."
- *Ma vuole stare attento? Non divaghi. Altra definizione...Ciao! in inglese.* -
"Posso compra' una vogaleee?"
- *Macchè comprare una vocale!!... Ciao, in inglese.* -
"Questa è difficile eh?....Ciao in inglese, Ciao in inglese.... Motorins!"... Ciao in inglese si dice Motorins!"
- *Cosaa?* -
" ...Mezz'avvoi!!....Lello Splendor!!"

***

- *.....e non dica più si si!* -
"Scusa, scusa..."
- *E nemmeno scusa!* -
"Si, si..."
- *Non dica più si si ho detto!* -
"Scusa, scussa..."
- *E neanche scusa!!!* -
"Si,si...scusa, scusa... Mezz'avvoiii....Lello Splendor!!""
- (coro) ...**"Ollellè ollallà faccelo vedè, faccelo toccà / Ollellè ollallà faccelo vedè, faccelo toccà!!** -
"Che tiro fuori il vitello tonnatooo?"
- *Noooo!* -
"Un pezzettino... "
- *Noooo!!* -
"Nemmeno una sessantina di centimetri?!...."

***

"...Mezz'avvoi....Carla Fracciii......"
- *Ma non faccia il buffone per piacere* -
" Si,si... scusa, scusa... "
- *Continuiamo dunque con le definizioni.* -
"Mi sentooooo??!!"
- *Ultima definizione: E' simile allo scorfano.* -
"E' simile allo scorfano... è simile allo scorfano.... Carlooo Contiii !!!"
- (coro) ...**Sei bellissimoooo / Sei bellissimoooo**... -

...So' Simone!
(Simone)

***

Voce fuori campo:
"Attenzione. Si è smarrito un bambino che risponde al nome di Simone. Chiunque lo trovi è pregato di tenerselo."

***

- *E tu chi sei?* -
"E so' Simoneee... eh,eh,iiihhhh!"
- *Stanno cercando te?* -
".E so' Simone..."
- *Ora ci mancava anche un bambino..."*
"Oh... lo sai che il mi' cugino telefona sempre a quei telefoni sessi, quelli dove c'è quelle signore che c'hanno

l'asma... e c'hanno il numero quello lungo... uno, quattro, quattro, sette, sette....e c'hanno il numero lungo.... il mi' cugino c'ha l'orgasmo precoce...e viene sul prefisso."

- Senti Simone, vieni quà. Guarda che quì noi stiamo facendo una trasmissione capito? E ti stanno cercando... -

"Si ...ihhhh ....Oh, allora io ti volevo dire una cosa. Io ieri sera no, non ho mangiato la minestra però te un tu sei venuto."

- Io? E che c'entro io? -

"E me l'ha detto la mi' mamma "Se un tu mangi la minestra viene l'omo nero!" ....però e t'ho aspettato un monte ma non ti s'è mica visto!"

- Guarda Simone che questa è già una serata sconvolgente. Fai il bravo. -

"Lo giuro! Parola di Power Rangers!!"

- Parola di chi? -

"Dei Power Rangers.... io so' quello rosso, te sei quello nero!"

***

"Io so fa' le imitazioni degli animali."

- Vuoi fare le imitazioni? Ma ti stanno cercando.-

"...ihh...so' Simone!"

- Va bene, va bene... E chi vuoi imitare? -

"Ti fo' l'imitazione del piccione."

- Va bene, dai... fai il piccione! -

"Come lo vuoi alla cacciatora o viaggiatore?"

- Fai quello viaggiatore... -

"Brum brum bruuuuummmmmm......"

***

- Sei venuto solo quì alla Bussola? -

"E son venuto col mi' cugino.... Il mi' cugino l'è un ganzo, e m'accompagna con la su' macchina... l'ha fatta da solo!"

- *Si, ha fatto una macchina da solo!* -

"Davvero!!... L'ha fatta da solo il mi' cugino. L'ha fatto una macchina completamente da solo.

L'ha preso, senti, le ruote di una Range Rover, la carrozzeria d'una Mercedesse e il motore d'una Ferrari!"

- *E poi che ha fatto?* -

"Sei anni di galera!!"

***

"Ora ti fo' il cavallo.."

- *Dai, fammi il cavallo.* -

" .....schiublascibrrraguaguà... "

- *E questo sarebbe un cavallo?* -

"Ora ti fo' la zebra."

- *Vediamo la zebra!* -

" .....schiublascibrrraguaguà... "

- *Beh?! E' uguale.* -

"Si, cambia il colore maaa.... "

***

- *Ma con chi sei venuto quì al mare?* -

"Col mi' nonno..."

- *E tuo nonno ora dov'è?* -

" Un lo so! Oh, lo sai che io il mi' nonno l'ho anche fatto smettere di fumare?

- *L'hai fatto smettere di fumare? E come hai fatto?* -

"L'ho levato dal sole!... E so' Simoneeee!!"

***

Quei bravi ragazzi...

Lo spettatore che assiste al viavai dei talenti comici di "Aria fresca" non immagina certo quante ore di duro lavoro ci vogliono per mettere insieme una baraonda di questo tipo.

Nessuno si mette lì a pensare, nel momento della rappresentazione, a quanta fatica è costata l'organizzazione di un gruppo di giovani artisti, tutti giustamente smaniosi di emergere, che hanno fiutato l'occasione giusta e che, forse per la prima volta, hanno la possibilità di esibirsi in un palcoscenico libero, senza le avvilenti restrizioni di tempo che di solito vengono loro imposte nei megaspettacoli della televisioneria ufficiale.

E' per questo, per arginare in qualche modo la sacrosanta voglia di "sfondare" dei bravi ragazzi di "Aria fresca", che c'è bisogno di qualcuno che, sudando le fatidiche sette camicie e assumendosi la figura - per fortuna solo spernacchiata - del padre padrone, "tiranno" e "sfrugugliante", tiri le fila di tutto l'ambaradan.

Comunque va detto che dietro le quinte di "Aria fresca" tutto avviene senza drammi, senza le cattiverie e i sotterfugi che invece, è stranoto, avvelenano l'ambiente degli "arrivati".

Per i componenti di questo gruppo è talmente importante l'esserci, il partecipare, che tutto il resto si aggiusta col catalizzatore dell'amicizia e con gli apotropaici riti della più sana goliardia.

E allora non si può non scherzare un po' anche su quanto accade fuori dalla scena, su quanto capita durante le pause tra questi nuovi "fenomeni" della comicità italiana. Per esempio si può raccontare - giustamente senza far nomi - di quel maligno che ha provveduto a sabotare l'automobile di un suo compagno il quale, finita una registrazione, doveva correre a Roma alla festa di compleanno d'una notissima e bellissima soubrette.

O di quell'altro perfido individuo che spacciandosi per un'ingenua giovincella ha mandato una lettera (anonima) a Videomusic, una missiva dove si denunciava la violenza sessuale subita in un camerino della Bussola da parte di un altro componente del cast. Oppure si può raccontare, e stavolta facendo i nomi e i cognomi, dei subdoli e reiterati tentativi messi in atto da Walter Santillo per rubare il posto a Conti, a Giustini, a Cambi, a Salvadori, alla Beni, a Caizzi, a Panariello, a Gennai e a Militello.... insomma, a tutti meno che a se stesso.

E ancora si può raccontare dei goffi tentativi di Gaetano Gennai che, per somigliare a Carlo Conti ed entrare alla Rai, è arrivato a cospargersi la faccia di nerofumo; o dell'invidia che rode Andrea Cambi perchè la Katia Beni non gli dice mai che anche lui è "...da morsi!"; o della rabbia di Graziano Salvadori, quando ha saputo che Lucio Caizzi non si era limitato a cadere anche lui sul palco della Bussola ma che era andato a cadere, addirittura, dal motorino.

Oppure, per continuare scherzando un po' di meno, si può raccontare delle macumbe che molti comici italiani, e segnatamente quelli incistati nei baracconi pubblici o arcoriani, dedicano ogni giorno a Panariello e agli altri di "Aria fresca", nella vana speranza di vederli colpiti da un'epidemia che li allontani dalle scene per almeno novanta settimane...

Si, pare incredibile ma succede anche questo, e ne sono buoni testimoni quanti hanno assistito alle recenti dichiarazioni al riguardo, tutte molto esplicite, rilasciate da "star" molto famose.

Eppure a questi signori, così come ai potenti manovratori dell'Auditel, dovrebbe interessare poco o niente quello che accade in uno spettacolo ripreso da una giovane emittente non "rilevata", da una delle televisioni fuori dal duopolio che vengono relegate nella colonna: "altri".

Domandina: quanto da fastidio il constatare che "Aria fresca", disinvoltamente, senza tanti fronzoli, riesce a fare il pelo (e a volte il contropelo!) alle teleproduzioni nazionali che costano un transatlantico a puntata?

La risposta l'ha data e continuerà a darla il pubblico. Quel pubblico che ha dimostrato, e che ancora dimostra, di apprezzare i ragazzi che animano lo show della "Bussola", quei monellacci che non hanno peli sulla lingua e che sono veramente bravi.

Uno o due?

No, tutti.

Andrea Cambi è nato sotto il segno del Capricorno, ascendente Capricorno, da qualche parte della Toscana. E' un buon osservatore dei vizi umani e ha il mento con la fossetta alla Kirk Douglas. Il suo look ricorda quello d'un bracciante mugellese in gita domenicale. Non porta mai i guanti e si pettina di rado. Nell'ambiente è considerato un istintivo, un tipo spiccio, uno di quelli che non stanno tanto a menarla: un talento naturale insomma!

L'anonimo
(enne enne)

***

- Mi raccomando signor Anonimo, non si giri. Mantenga le spalle alla telecamera e difenda il suo anonimato. E ora mi dica, come mai ci ha messo tanto ad arrivare? -

"Ci provi lei a guidare sempre in retromarcia da Viareggio alle Focette!!... Poi ho avuto anche dei problemi con la Polizia Stradale."

- Perchè guidava in quel modo? -

"No, per via della fotografia sulla patente."

- In che senso? -

"Dicono che la foto di schiena sulla patente non va bene!"

***

- Si calmi, si tranquillizzi. La difendo io dall'occhio indiscreto della telecamera. So che lei ha deciso di fondare un "Anonimo Fans Club" è vero? -

"Precisamente, si, precisamente... "
- L'indirizzo di questo Club? -
"Non glielo posso dire... "
- Come mai?... -
"E sennò che cazzo d'anonimo sarei!"

***

- Come passa il suo tempo? Cosa fa? -
"Guardi, il mio problema principale è la noia...."
- La capisco... lo scoccare delle ore...che cosa ha fatto oggi"
"Stamattina ho preso un sasso... no, anzi... ho preso due sassi... sarà stato mezzogiorno..."
- E allora? -
"E allora poi ho cominciato.... e giù botte, giù botte nei testicoli... dun, durudun, dun, durudun... a mezzogiorno e dieci m'ero già rotto i coglioni!!"

***

- E" un momento molto importante questo.... Come ricorderete quest'uomo ha deciso di consumare la propria esistenza nell'anonimato e allora, per la nostra televisione verità, è giusto andare a scoprire, a conoscere, a scavare nella sua personalità... Intanto ci dica, che lavoro fa lei? -
"In questo momento sto facendo l'acrobata..."
- L'acrobata? In un circo? Allora sta lavorando... -
"No no, sono disoccupato, sono in cassa integrazione."
- E allora che vuol dire quando dice di fare l'acrobata?
"Intendo dire che per mandare avanti la famiglia mi tocca fare i salti mortali e allora... Lei mi capisce."
- La capisco, la capisco. Come ha trascorso questa settimana? -
"Beh, diciamo che... mi so' scritto diverse lettere."
- Ahh, si è scritto delle lettere? -
"Ma pesanti ehhh..."

- Le famose lettere anonime? -

"Si, è.. certamente...."

- Ce ne può leggere una? -

"Guardi, come mi sono minacciato questa settimana non mi ero minacciato mai!"

- Che tipo di sensazione provava nel ricevere queste lettere? -

"C'avevo un brivido dentro.... Guardi, l'ultima me la sono scritta lunedì e m'è arrivata venerdì,,, tremo ancora, stò ancora tremando dalla paura...."

- Lo vedo. Signori, l'anonimo è visibilmente scosso. L'ha portata con se? Ce la può leggere? -

"Certamente, gliela leggo.... dunque. Paura ehhh?..."

- Chi io? -

"No, questo c'è scritto nella lettera... comincia proprio così..."

- Ahhh, la lettera inizia con la frase: "Paura ehhh?"... -

"Si, inizia proprio così..."

- Bene. La prego, vada avanti. -

"Allora.... Paura ehhh? .... Io sono ovunque e sono ancora te. Stai attento! Sono tra la gente, guardati alla tua destra... "

- E poi? Continui a leggere... -

"Stai attento perchè io vi controllo... te e quell'imbecille che hai davanti!...."

Il caso umano.
(Il barista)

***

- Abbiamo deciso, parimenti ai vari Magalli, ai vari Cecchi Paone di avere anche noi un momento serio. Abbiamo deciso di ospitare, ogni settimana, delle persone che hanno avuto delle disgrazie e che hanno deciso di venircele a raccontare davanti alla telecamera.

Questa settimana abbiamo un uomo che ha avuto un grave incidente sul lavoro. Invitiamo il nostro amico.... Buonasera, si accomodi.. Dunque, lei non ha le dita... -

" No, non ho le dita..." (l'uomo parla a fatica come se avesse nella gola un corpo estraneo che gli impedisce di pronunciare correttamente le parole).

- Ci racconti come sono andati i fatti. -

"So' venuto a parlare proprio per questo motivo... Io e mio fratello abbiamo un bar, mio fratello lavora con me... Se ci s'ha un bar e si deve lavorare tutti e due no?.... Una mattina dovevo mettere del caffè nel macinacaffè. Mentre io ero lì che mettevo il caffè mio fratello, con un dito, ha dato il via al macinacaffè....vvvrrrrrrr.... e io c'avevo le mani dentro!!..."

- Lei aveva le mani dentro... terribile! Una storia veramente terribile!! E le dita?" -

"Da tutte le parti!!..."

- Volate quà e là.... terribile! -

"Il pollice è andato nella strada e gli hanno dato un passaggio...."

- E poi? -

"E poi... gli indici non si trovavano più.... poi sono arrivati due ragazzi e m'hanno detto: "Guarda che c'è due diti che battono il record al flipper!!"....erano i miaaa!!"

- E poi come sono andati i fatti. Poi cos'è successo, perchè questa sua voce strana? -

"Perchè comunque, poi, io dovevo continuare a mandare avanti la famiglia.... "

- Certo, lei doveva continuare a lavorare, e allora..." -

"E allora non potevo fare niente. E siccome nel bar c'è sempre... ora non glielo posso fare perchè mi mancano i diti... siccome c'è sempre la gente fitta cosiii (mostra i pugni!)...ho imparato ad aprire le bottiglie con la bocca...."

- Ahh, ecco, bravo... lei ha imparato ad aprire le bottiglie con la bocca. -

"O non ho ingoiato un tappino!!!"

Il grande violinista.

(Vladimiro)

***

- ....E dopo questo bellissimo brano che ci ha appena fatto ascoltare... vedo dal suo curriculum che lei è un grande, grandissimo esperto di violini. Ecco, ci dica, questo che violino è? -

"Scibrosky bulievic tarasciov schilav... Che posso parlare italiano?"

- Si, certo. Ci dica allora che violino è questo? -

"Le potrebbe sembrare uno Stradivari, ma non lo è. Le potrebbe sembrare un violino... ma secondo me non è un violino! Secondo me questo.... io l'ho guardato bene... secondo me questo... e da sul marrone!!"

***

Graziano Salvadori è nato a cavallo tra i segni della Bilancia e della Vergine. Ha un fisico atletico e, malgrado porti i capelli come Milly Carlucci, cucca alla grande. Ha iniziato la sua carriera artistica rifacendo il verso ai televenditori di pentolame. Ama il giardinaggio, le unghie curate e le tagliatelle al ragù. La sua Maruska è una delle vallette più sceme d'Italia, ma non la più scema!

Zitt..zitt..uhhhh!!
(Maruska)

***

- Chiamo la mia valletta... perchè non abbiamo tante donne nella nostra trasmissione ma una bellezza spettacolare noi ce l'abbiamo: Maruskaaa!! -
"... (entra di corsa e cade rovinosamente)...... "
- Maruska, ti sei fatta male? -
"No...ahhh... no, ahhh...."
- Ti sei fatta male? -
"No, ahhhhh ...."
- Come hai passato la settimana? Ti hanno riconosciuta? -
".... Zitt.. zitt.. uuhhh!!"
- Ti hanno riconosciuta? -
"Uuhhhhh!!"
- Allora, dammi la busta di questa settimana.-
"Stinaaaa!!"
- La busta... Perchè ci hai scritto sopra "stina"?
"Stina!...E' piccina!!

***

- Permettetemi ora di chiamare vicino a me una delle donne più belle, più affascinanti e più deficenti della storia della televisione....Maruskaaa! -

"...(cantando)... Zitti, zitti uhuhù...zitti, zitti uhuhù..."

- Per favore Maruska, portami i nominativi di questa settimana. -

" ... (corre per uscire e cade)... uuhhh!!"

- (correndo ad aiutarla) ..Maruskina! Ti sei fatta male? -

"Fatta niente, fatta niente... "

- Non ti sei fatta male? -

"No no... uhhh!"

- Che peccato! -

Siamo amici?... Uno o due?!

(Achille)

***

"Siamo amici?... Uno o due?...."

- Uno!! -

"Uno solo?"

- Si, uno solo... Io mi chiedo chi ti fa entrare... -

" Volevo spiegare come si fa a far miagolare un cane.."

- Miagolare un cane? -

"E' semplice... è semplice e gratuito, guarda...."

- Allora, come si fa?... -

"Semplicissimo.... Allora, si va in un bosco.... si fa uno 'piazzo in terra, grande... uno 'piazzo grande. Poi si prende la prolunga della corrente... "

- La prolunga della corrente in un bosco? -

"Serve.. se mi fai finì' serve.... Allora si mette al congelatore.."

- Ah, perchè ci vuole anche un congelatore? -

"Si, è importante!... nel mezzo proprio dello 'piazzo... Allora: si mette la prolunga al congelatore eppoi, quand'è bello diaccio, ci si mette dentro il cane e si chiude...."

- Il cane dentro il congelatore?! -

"Si, per tre giorni!....

E noi si va dietro a un ceppuglio, nascosti ....che non ci veda nessuno..."

- Ma il cane congela! -

"Sii!! E' importante! Perchè quand'è congelato che sta duro duro duro si leva.... Si va in segheria, si accende una pialla elettrica... poi si prende il canino e si passa di sopra la pialla...."

- E come fa a miagolare? -

"Quando si passa sopra alla pialla fa gniaaaauu...gniaaaauu.. "

- Vai via.... sparisci! -

"No, è importante... e non miagola una volta sola però... "

- Come... -

"Ehhh, più grosso è il cane e più miagola!... Gniaaaauu, gniaaaauu, gniaaaauu... ogni volta che si passa sopra la pialla miagola!... ... Siamo amici?!"...quanto, uno o due?"

- (pubblico) **Due!!** -

"Alla grande, alla grande!!"

***

"Come si fa a prendere un conigliolino senza sparagli?..."

- Come si fa? -

"Si va in un bosco e si fa uno spiazzo in terra. Poi si prende una carotina e si mette in terra... poi si prende un sedanino e si mette in terra anche quello...

Uno però, no' due! ....poi ci si mette rimpiattati dietro a un cespuglio..."

- E arriva il coniglietto. -

"Petta! Il coniglio arriva piano piano, ha paura ... tanta! Una o due?... Due paure...."

- *Va bene...* -

"Arriva piano piano e noi, da una parte... quatti quatti, come lui, si prende per le gambe."

- *Si, l'hai preso ma non l'hai ammazzato!* -

"Poi si batte in terra forte forte... negli spigoli!!"

- *Vai via!* -

"Siamo amici?... uno o due? ..."

- (pubblico) **Due!!** -

"Alla grande!!!"

***

"....Siamo amici?....Quanto? ....Uno o due?"

- (pubblico) **Due!** -

"Alla grande!.... Carlo, voi giocare a nascondino?..."

- *Dopo, dopo...*-

"Eh no, troppo furbino dopo!... Troppo furbino!"

- *Perchè?* -

"Perchè dopo è troppo buio e a te chi ti vede?.. Siamo amici?"

- (pubblico) **Siiii.** -

"Uno o due?... Due?.... Alla grande!!!"

***

"Carlooo.... Carlooo... Oh Carlo, siamo amici?"

- *Ma che siamo amici... io non ti sopporto più!* -

"Siamo amici?... Quanto uno o due?"

- (pubblico)...**Due!!** -

"Alla grande! Alla grande!!..."

- *Cosa fai con questa pentola?* -

"Volevo insegnare a tutto il mondo, a tout le monde, come si fa a prendere un cinghiale senza sparagli!"

- *Come si fa a prendere un cinghiale senza sparare?*

E come si fa? -

"Si va in un bosco no... uno o due è uguale. Si fa uno 'piazzo in terra... poi si prendono tanti legni e si mettono tutti li, capito?..."

- *Si.* -

"Poi si prende e gli si da foco... Poi si mette lì sopra la pentola... la pentola coll'acqua, e si fa bollire l'acqua..."

- *Poi?* -

"Quando bolle l'acqua ci si leva la cinghia...."

- *La cintura...* -

"... ci si leva la cinghia dei pantaloni e si butta dentro l'acqua."

- *E allora??"* -

"Il cinghiale sente l'odore della cinghia-lessa... corre e si brucia..."

- *Guarda, non ho parole. Prendi questa pentola e sparisci. Vai via!!* -

"Siamo amici?... Uno o due?..."

***

Chi si salva?
(Graziano)

***

"No, non si salva nessuno! Non voglio salvare nessuno, anzi! Volevo parlarvi un attimo di una cosa importante, volevo parlarvi della tecnologia, di questa cosa che va sempre più avanti e che ci fa diventare tutti americani. E' l'ora di farla finita! Oramai un ragazzo che va con una ragazza, che vuole apparire... se non ha lo status simbol per eccellenza non va avanti. E qual'è questo status simbol? Il telefonino!! Tutti hanno il telefonino..... poi magari ci sono quelli che per non farsene accorgere, perchè non è tanto bello entrare.... che ne so, in un ristorante, col telefonino in mano... e allora lo tengono nascosto così... (alza il telefonino all'altezza della spalla)... e se nessuno li vede lo battono sul tavolo! E continuano a batterlo finchè qualcuno non dice: "Oh, quello c'ha il telefono!"... ehhh!! Sarò ganzo!! Sono pieno di soldi!!... Quando suona potrebbero rispondere subito e invece no, sennò il gioco dov'è.... drin drin, drin drin... se c'è uno che non ha sentito gli danno una pedata! "Mi sonaaa!!!" dicono a tutti. E rispondono gridando: "O Silvio dimmi!! No, no t'hai fatto bene! Certo! Il mercoledì manda lo sport in televisione... bravo Silvio!! Si, Silvio... certo Silvio... va bene Silvio... Poi pianino: "O mamma, se ti chiamo Silvio ci sarà un motivo no!!" ..... E' sempre la mamma che chiama, sempre!!... Addirittura ora hanno messo il telefonino viva voce obbligatorio.

Praticamente il telefonino lo devi tenere da una parte e quando suona lo apri e parli quassù, da quell'altra parte.... "O giovanni dimmi, dimmi...", magari sei al semaforo e quello accanto ti guarda e pensa: "Questo è pazzo!"... Allora te tiri giù il finestrino e gli spari: "E c'ho il viva voceee...". Un'altra ganzata è quando parli col telefonino camminando per la strada: Dove sei?...e te , Sono in via Mazzini.... Ora dove sei?... Sono a metà via Mazzini, quasi in fondo.... E ora dove sei?... Sono quì che ti sono il campanello perchè so' già arrivato sotto casa tua!!.... O quando uno è in bagno? Suona il telefonino e quell'altro ti chiede dove sei... e allora che gli dici? Ehhh? Ma l'italiano è troppo furbo, troppo furbo! Non gli può mica dire "Sono a c....... capito? Allora si alza, da il via allo scarico dell'acqua e avvicina il telefonino dicendo: "E sono al mare, si sente?"... Queste sono le furbizie!!....

Non si salva nessuno, non si salva nessuno!"

Niki Giustini è nato a Waterford (Irlanda) sotto il segno zodiacale della Vergine. E' un imitatore inarrivabile, un poeta demenzial-popolare e un ottimo caratterizzatore. La sua sana e robusta costituzione (si considera un uomo di peso) lo ha portato a militare nella benemerita arma dei Carabinieri dove si è distinto come raccontatore di barzellette (sui civili!).

Millevoci
(Niki)

***

Niky festeggia i cento anni del cinema portando i saluti di tre grandi star americane (la voce è del grande Amendola).

Silvester Stallone
Hei ragazzi! Vi voglio bene ok? Vi voglio bene! Siete fantastici okkey?

Al Pacino
Hei ragazzi! Vi voglio bene ok? Vi voglio bene! Siete fantastici okkey?

Robert De Niro
Hei ragazzi! Vi voglio bene ok? Vi voglio bene! Siete fantastici okkey?

***

Una storiella siciliana:

Personaggi principali: Carmelo e Rosalia.

Due innamorati si devono sposare ma, sfortunatamente, la sera prima del matrimonio, Carmelo viene punto da una vespa in un parte molto delicata.

Una parte che, per non creare equivoci chiameremo in modo esplicito: la minchia! Carmelo si precipita dal suo medico di fiducia:

C: - Dottore, minchia, me guaddi questa minchia.-

D: - Minchia! E che minchia é? -

C: - E che minchia ne so!

C. - Ma che dottore della minchia è? -

D: - Se fossi un dottore della minchia saprei di che minchia si tratta!-

C: - E allora che minchia facciamo? -

Il dottore spiega a Carmelo che purtroppo la parte va fasciata. Lo convince e gli confeziona un enorme pacco tra le gambe.

Il giorno seguente, il giorno delle nozze, Carmelo fa il suo ingresso in chiesa mostrando un evidente rigonfiamento sotto i pantaloni del frac.

Santuzza, Natalìa e Concetta, le amiche del cuore della sposa, commentano meravigliate:

S: - Ma che minchia di minchia tiene Cammelo? -

N: -Vedi che minchia di fottuna ci capitò a Rosalia! -

C: - E chi minchia poteva immaginarsi tanta minchia! -

Alla sera, finiti i festeggiamenti di rito e rimasti finalmente soli, Carmelo e Rosalia vanno a letto per la loro prima notte da sposati. Carmelo è imbarazzato per la fasciatura e si copre la parte con il lenzuolo.

Rosalia, completamente nuda, cerca di rompere gli indugi del novello sposo.

R: - Cammelo, questo seno tuggido immacolato è, solo mia madre prima di te lo vide. Approfitta, una primizia è!-

C: - Lasciami dormire Rosalia, stanco sogno. -
R: - Cammelo, questo sederino tondo immacolato è, solo mia madre prima di te lo vide. Approfitta, una primizia è!-
C: - Lasciami dormire Rosalia, stanco sogno. -
R: - Cammelo, questa cosina quà illibbata è, solo mia madre prima di te la vide. Approfitta, una primizia è! -
A questo punto Carmelo non ce la fa più. Sposta il lenzuolo e mostrando alla moglie la fasciatura sbotta:
C: - Rosalia! Proprio a mia me vieni a pallare di primizie? A mia che la minchia la tengo ancora imballata di fabbrica??!! -

Prosciutto ne vuoi?
(Gavino)

***

- Come si chiama il paese dov'è il tuo villaggio? -
"Cuccureddu!"
- Ma tu, prima di fare l'animatore, prima di fare il gestore di villaggi turistici, cosa hai fatto? -
" Lo devvo dire, lo devvo dire verramente?"
- Sì, che hai fatto? -
"Il carrabbiniere!"
- Ohh, raccontaci dunque di questa tua esperienza.... -
"Il primo giorno, quando siamo arrivatti là... il comandante dava gli ordini: "Allievvi carrabbinieri attenti!"... e noi tutti sugli attenti. "Allievvi carrabbinieri avanti marsc!", e noi unò, duè, unò, duè... "Allievvi carrabbinieri alt!" ... e noi fermi. Poi... "Attenti!"... tutti attenti... "A terra!"...tutti a terra... "Di fianco!"... tutti di fianco.... A un certo punto ci ordinò: "Supini"....
- E cosa successe? -
"Se ne arrampicarrono trentadue... sui pini!"

***

"Prosciutto ne vuoi? Agnello ne vuoi?"
- *No grazie, non voglio niente.* -
"Formaggio ne vuoi? -
- *No, grazie. Ma, sempre a proposito del suo periodo nei carabinieri, lei ha avuto altri guai, altri malintesi?* -
"Si, una volta. Mi ricordo che avevvo sbagliatto a fare un verbale e allora il maresciallo mi ha chiamatto e mi ha detto: "Gavino, guarda cos'hai combinato!"... Allora io gli ho detto "Scusi Maresciallo, ma io pensavvo...." e lui "Tu non sei pagato per pensare"... Ma io pensavvo gratis!!"

Cittinoooo!!
(Pino Caroti)

***

"Come allenatore del Rigutino non ho mai vinto.
L'unica vittoria l'abbiamo avuta a tavolino, nel senso che abbiamo invitato l'arbitro a tavola e l'abbiamo fatto ubriacare. Ci assegnò ventisette rigori a favore! L'unico realizzato lo tirò il Patrignani, detto compasso per via della gamba di legno. Me lo ricordo ancora quel rigore. Era il novantasettesimo, pioveva a dirotto. Compasso piantò la gamba di legno nel fango che c'era vicino al dischetto e calciò. Prima prese una rana che finì in un riflettore del campo, poi colpì la palla. La palla prese uno strano effetto anche perchè attaccato c'era il parastinco, l'unico di Compasso, che beccò in pieno viso il portiere avversario (il poveretto porta ancora impressa sul naso la marca di quel parastinco). Appena il pallone ebbe varcata la linea di porta l'arbitro fischiò la fine delle ostilità e il pubblico fece

un'invasione pacifica e festosa. Tre spettatori annegarono nel viottolo che circondava il campo di gioco, i rimanenti ci portarono in trionfo.

Il presidente Ghinazzi, in arte Pupo, ci regalò il suo ultimo disco (che i giocatori cedettero subito agli avversari) e la gamba di legno di Patrignani fu messa nella bacheca dei trofei."

***

"....per farla breve, le poesie mi uscirono dal testone e divenni il più grande poeta esistente in Rigutino e dintorni. Eccone due (entrambe sottotitolate: Cittinooo!):

E tu sorridevi

Quella mattina era freddo e tu sorridevi
La strada era ghiacciata e tu sorridevi
Sono uscito di strada e tu sorridevi
Ho distrutto la macchina e tu sorridevi
L'ho scoperto dopo che eri il carrozziere

Pene precedenti

Eva Robin's
Maurizia
Amanda Lear

Katia Beni è nata sotto il segno della Vergine (e li è rimasta!). Viene da una fortunata esperienza di gruppo (Le galline) ed è stravolta quanto basta per poter affrontare ogni tipo di pubblico. E' la sola femminuccia di "Aria fresca" ma non se ne approfitta. Non ha preferenze tra gli uomini, che sceglie come fossero Smarties (un po' di tutti i colori!) anche se non nasconde un certo debole per il "macho" mediterraneo. Ama la musica anche se deve ballare a orecchio (rigorosamente tappato!).

Ma come sarai?
(La ragazza sul cubo)

***

"O come sarai ehh?.... da morsi!!"

- *Calma Katia, stai calma...* -

"O come sarai Carlo!....o come sarai!"

- *Si, ma non mi toccare. Stai ferma.... Stasera vogliamo sapere tutto di te. Ormai abbiamo scoperto che hai fatto la ragazza del 144, che hai fatto l'attrice ...Ma, dove sei nata?* -

"Lo devo dire?"

- *Certo che lo devi dire, che male c'è!* -

"A Scandicci... *(il pubblico ride)*... Vedi che non lo dovevo dire? Scandicci ormai è diventato una battuta...."

- *E perchè?* -

"Ehh... perchè, perchè c'era Cicci... il mostro di Scandicci!!... Quello che colpiva le coppiette in macchina."

- *E allora?* -

"E allora io, in quel periodo, per caso, stavo con uno che si chiamava Renzino e che era fissato. Che lo voleva fare in macchina in tutti i modi, perchè s'eccitava a veder dondolare l'arbre magique... 'na tragedia!!"

- E quindi? -

"E allora icchè si faceva!? Ci s'era organizzati, con altre coppie che c'avevano la macchina, e ci si trovava tutti insieme al piazzale Michelangelo... Ora diciamo che stando tutti insieme ci si proteggeva ma, oddìo, ci si rompeva anche un po' le palle!... O ragazzi, sembrava di sta' in un condominio!!.... Chi ululava da una parte, chi mugolava da quell'altra.... Io, ogni tanto m'affacciavo, al finestrino e gridavo: "Ma allora! Ma che state zitti un momentino che 'un si po' dormire quì dentro?!"... perchè io e il Renzino più che dormire 'un si faceva. Ma poi s'arrivava anche a degli assurdi Carlo... Una volta venne a bussarmi al finestrino una ragazza con una tazza in mano. Dice: "Scusa, 'un avresti mica un po' di zucchero da prestarmi... devo fammi uno zabaione?"....Dopo un pò' t'arriva il su' fidanzato: "Scusa biondina, 'un avresti mica sei o sette preservativi da prestammi che i miei dodici l'ho già finiti?".... Lo guardai con ammirazione, poi guardai il Renzino e gli sputai in faccia!!"

- Senti, ma come facevate per difendere la vostra intimità? -

"Per difendere la nostra intimita icchè si faceva?.... Si mettevano dei giornali sopra ai finestrini. Ora, già è difficile fare l'amore in macchina e in più io avevo paura di questo mostro, stavo con gli occhi spalancati!!... O gli occhi 'un mi cascavano sempre sul giornale, sulla pagina dei necrologi, dove immaginavo che il giorno dopo sarebbe finito il mi' nome?!!....

Me lo vedevo di già il necrologio: "Il condominio di piazzale Michelangelo piange Katia, uccisa dal mostro, mentre aspettava inutilmente che il Renzino combinasse qualche cosa"....

Chiaramente, mi rivoltavo verso il Renzino e gli risputavo un faccia!!"

- *Ma non avete escogitato dei sistemi anti mostro?* -

"Si, si. Si faceva così per fare l'amore: lui stava in macchina e si toccava, e io stavo fuori a controllà' se arrivava il mostro.... e intanto, per farlo eccitare, scuotevo la centoventisette sport per fa' dondolare l'arbre magique!...."

- *Ah, facevate così?* -

"Non solo. Siccome il Renzino non s'eccitava solo a vedere dondolare l'arbre magique, ma anche all'idea che io fossi il mostro, mi faceva anche urlare: "Sono il mostro! Sono il mostro! Sono il mostro!.... Mi finivo la voce...." -

- *Ci credo...* -

"Tanto è vero che la vigilia di Natale, c'era anche il Renzino a casa mia perchè s'era già fidanzati in casa, la mi' mamma era tutta preoccupata perchè io non c'avevo più voce... "Ma che gridi te?" mi chiese. "Si mamma, ogni tanto grido"... fui costretta a confessare. E lei: "Ah si? E che cosa gridi?"... e io dissi che gridavo: "Sono il mostro! Sono il mostro! Sono il mostro!!".... maremma ragazzi!, non l'avessi mai detto!!...Il Renzino cominciò a toccassi per tutta la casa... e tutta la mi' famiglia dietro a cercà' di fermallo... Carlo, guarda... quella è stata l'unica notte di Natale dove invece di Babbo Natale è venuto il Renzinooo!!"

***

"....L'altro giorno ero all'autogrill. Ero li che camminavo per sgranchirmi le gambe, quando m'accorgo che mi segue uno belloccio, in canottiera, c'aveva du' muscoli... sembrava uno dei fratelli Abbagnale. Mi son detta: "Vai! Beccato"... e quello mi suegue, mi segue.... A un certo punto mi batte sulla spalla e mi fa: "Ehi capo! E' tuo quel camion in seconda fila? Lo potresti spostare?"...

- *Dai, ora non buttarti giù, non esagerare...* -

"Grazie Carlo.... ma come sarai? ....da morsi!!"

- *Ma guarda che la camminata si corregge, l'andatura si può correggere. Probabilmente quello che non va bene è questa tua faccetta da tonno...* -

"Che t'hai detto?"

- *Dico che la camminata si corregge... forse è la faccetta da tonno che...* -

"O morino stai attento!! Guarda che te faccia da tonno lo dici alla tu' mamma, capito? Tu lo dici alla tu' mamma, al tu' babbo e al tu' fratello capito? Vai li e gli dici: "Ma guarda che bella famiglia con la faccia da tonno!! Guarda che bella famiglia Rio Mare che siamo!"....hai capito?"

- *Dai, non t'arrabbiare...* -

"Anzi guarda, se in casa tua i tonni son tutti scuri come te più che una famiglia Rio Mare... siete una famiglia di tonni Rio de Janeiro!!"

***

- *Katia, di che segno sei?* -

"Sono della Vergine.... e c'ho creduto troppo!!"

***

- Dimmi un po' una cosa Katia, fammi capire. Noi uomini vogliamo capire. Ma una donna cosa cerca in un uomo? Come dev'essere quest'uomo? -

"Cosa cerca... cosa cerca, come dire.... Una donna cerca uomini che sanno come toccarti, dove toccarti, quanto toccarti. Io non ho mai saputo nè come trovarli, nè dove trovarli nè quanto costavano, eventualmente.... "

***

Lucio Caizzi è l'unico "straniero" del gruppo ed è nato sotto il segno dell'Ariete. Porta gli occhiali e dice di essere bello dentro (fuori è venuto malino!). Ha frequentato spesso il salotto del Sor Costanzo ed è approdato a Viareggio per una cattiveria di San Gennaro. Viaggia sempre in motorino e quando parla di donne zompa come un grillo.

E'cosiiii!!
(Il cugino)

***

"...i Vip, quando vogliono andare a letto con qualcuna non glielo dicono mai brutalmente, non dicono mai "Vuoi venire a letto con me?", ma usano una frase molto più raffinata, del tipo:

"Glielo ripongo nella vaschetta?".....

E' cosiii... è cosiiii!!

E lo sapete voi come fanno all'amore i Vip?

Maurizio Costanzo!! Ma ve lo immaginate voi come fa l'amore Maurizio Costanzo? ....Io me lo vedo! 'Na fatica... tutto sudato, stretto stretto in una camicia coi baffi, che quando arriva al momento conclusivo si appoggia allo sgabello e fa: "Alt! Consigli per gli acquisti."...

E' cosiii...

Mike Bongiorno! ...Arriva a casa sereno e fa: "Cara, che posizione scegli? La uno, la due o la tre?"... pecchè non ne tiene altre....

E quando arriva al momento conclusivo non dice come tutti "vengooo" ma lui dice "Bingooo!!...

E' cosiii... è cosiii!!

Gianni Minà! Ho scoperto perchè è fissato coi favolosi sessanta!!... Che non sono i favolosi anni sessanta ma sono quei sessanta secondi che ci mette a.... E' cosiii...

Fiorello! Mi hanno raccontato di come fa l'amore Fiorello.

Quello è talmente pigro, ma talmente pigro, che fa sesso karaoke... cioè, praticamente comincia prima lui... e poi fa finire a tutti gli altri....

E' cosiii....

Ma il più assatanato di tutti è Vittorio Sgarbi. E' andato da uno psicanalista che gli ha domandato "ma lei quante volte al giorno fa l'amore con la sua fidanzata?", e lui: "Beh, almeno tre volte al giorno!". Caspita! E con quella sua segretaria?: "Almeno tre volte al giorno!" ...E con quella presentatrice tivvù?: "Almeno tre volte al giorno!"... O dottore non ce l'ha fatta più, ha sbattuto i pugni sul tavolo e gli ha detto: "Porco boia! Secondo me lei si frega con le sue mani!"... e lui: "Ehh! Almeno tre volte al giorno!".....

E' cosiii.... è cosiiii!!!!

***

".....Secondo me è tutta colpa dei genitori se noi abbiamo dei problemi con le donne.

E' vero o no? I nostri genitori non ci hanno mai detto niente. Io mi ricordo mio padre, che una volta venne vicino a me, contento come una pasqua e mi disse: "Lucio sei contento? Papà e la cicogna ti hanno portato una bella sorellina!"... che a me venne voglia di dirgli: "Ma come? Con tutte le belle sventole che ci stanno in giro tu vai a mettere incinta proprio una cicogna!!"...

E' cosiii...è cosiiii!

E mia madre? Le donne sono più ottimiste. Mia madre quando vedeva che io mi preparavo, che mi facevo bello... diceva per incoraggiarmi: "Luicio, non ti preoccupa'... tanto il sesso è soprattutto gioco, il sesso è soprattutto gioco.

E poi aggiungeva: "Infatti, se tu la metti incinta te sei 'ggiocato tutt'e 'cose bello mio!"

E' cosiii...

Il problema mio erano le feste. Perchè a me piacciono un certo tipo di ragazze... a me piacciono quelle belle ciacione...

C'era un amico che me ne presentava qualcuna...

Salvatò' mi presenti quella? "No Lucio, per carità! Quella no è stata con mezza Napoli, lascia perdere!" mi diceva lui.... Salvatò', allora mi presenti quell'altra?... "Ma chi, quell'altra? Anche quella è stata con mezza Napoli, lascia perdere Lucio...." Sentite, sarà un caso, ma io capitavo sempre nella mezza Napoli sbagliata!

E' cosiii...è cosiii!!

Forse le ragazze non lo sanno ma noi uomini abbiamo un sacco di complessi con le donne. Prima noi uomini soffrivamo tutti del complesso di Edipo.

Oggi, noi uomini, soffriamo tutti del complesso di... e dopo??... E' cosiii... Adesso siamo noi, subito dopo, a chiedere alle donne "Com'è andata?"... Vogliamo proprio i voti! Oppure le donne con le palette che ti fanno: Sette, Otto.... La mia ex fidanzata mi alzava sempre la stessa paletta con sopra scritto: "Torna accompagnato dai tuoi genitori!"....

E' cosiii!!

Comunque voglio finire parlando bene della mia ex fidanzata, anche perchè era una ragazza sensibilissima, dolcissima.

Pensate che dopo una mia defaillance mi disse: "Va bè'

Lucio, non ti preoccupare tanto il sesso è l'ultima cosa. Il sesso è l'ultima cosa". Io contento dissi: "Ahh si? Allora per te il sesso è l'ultima cosa?....

"Per me?" mi rispose... "Per te è l'ultima cosa!! Per te il sesso è proprio l'ultima cosa!!"

E' cosiii.... è cosiiii!!!"

***

".....Di donne ne conosco di tutti i tipi. Le ho addirittura divise in categorie"

- E le hai catalogate? Fammi degli esempi. -

"C'è il tipo urlatrice."

- Che sarebbe? -

"Quella che nel momento cruciale grida! Quella che ti capita sempre quando vivi in un monolocale con le pareti sottili, ma talmente sottili, che quando fai all'amore tieni tutto il condominio che fa il tifo per te!"

- Poi? -

"Poi c'è il tipo mastrolindo!"

- Il tipo mastrolindo? E qual'è? -

"E' quella che non fa niente, assiste! Si mette accussì, con le braccia conserte, e vuol vedè' che fai tu!!"

- Poi, poi? -

"Poi c'è il tipo piumone, ovvero la freddolosa.

Quella che ti dice "Non mi toccare che c'ho i piedi freddi, non mi toccare che c'hai il naso freddo, non mi toccare che c'hai le mani fredde..."

E non ti dico che altre cose riesce a fa' veni' fredde pecchè..... E' cosiiii, è cosiiii!!"

- E ancora? -

"E per finire c'è il tipo yoga!"

- *Che sarebbe.... uhhh, questa me la immagino eh?* -
"Nooo, che hai capito! Il tipo yoga è quella che viene a casa tua, apre il frigorifero, beve un succo di frutta e se ne va... E' cosiii.... è cosiiii..."

***

Walter Santillo è nato sotto il segno del Cancro, ascendente Leone. Fa molta attività fisica e conduce un programma televisivo dove si straparla di calcio. E' uno pseudo-intervistatore di ottima scuola e un grandissimo imbroccatore (i suoi lacrimosi occhi nocciola non perdonano!). Discreto mangiatore di pizze alla napoletana si descrive, mentendo, più alto della media. Ci prova da una vita e prima o poi ce la farà!

Gaetano Gennai è nato sotto il segno della Vergine ma non ci tiene più di tanto. Sa leggere. Non fuma, non beve e porta scarpe numero quarantacinque. Il suo uomo ideale è Emilio Fede, l'eroico leccalecca del Biscione. E' fotogenico. Pagherebbe una cifra per conoscere Valeria Marini e giura di essere tra i pochi automobilisti italiani che non si scaccolano ai semafori.

Cristiano Militello è nato sotto il segno del Leone. E' un metro e settantuno di morbidezza, ama il creme-caramel e i films di Totò. Odia i gatti, le mani sudate e Massimo Crippa, il giocatore del Parma. Ha fatto la pubblicità per Cecchi Gori, per i telefonini e per una scopa elettrica. Frequenta Agroppi e Fascetti. La sua donna ideale è Rosy Bindi.

Le scemette
(Gli scemeggiatori)

***

Al bar. Un cliente entra e ordina:
- Alem rhashabat shai trkhalut abruishak ut Coca Cola!! -
E il barista:
- Vuole una lattina bella ghiacciata di cosaaa? -

***

- Ciao Osvaldo, da dove arrivi? -
- Dall'istituto di bellezza, -
- Era chiuso ehh?!! -

***

Il cameriere:
- Scusi signore, qualcosa non va? Perchè sta pregando e piangendo davanti alla sua bistecca? -

Il cliente:
- No, niente niente... cerco solo di intenerirla. -

***

Due signori su una panchina.
- Vede, sono proprio avvilito. Il mio nome è un nome abbastanza pesante da portare, un nome che mi ha sempre creato dei problemi... -
- Ma perchè scusi, lei com'è che si chiama? -
- Io mi chiamo Giovanni Merda... -
- Ohibò!.. Beh, certo... capisco, ma non potrebbe cambiar nome? Non le piacerebbe? -
- Mi piacerebbe si!! -
- E come le piacerebbe chiamarsi? -
- Behh... che so... Alfredo, Fernando, Evaristo.... -

***

Due signori conversano al tavolo di un bar:
- Guardi, anche se mi fanno male tutti questi caffè, io non posso farne a meno. Sono un caffè dipendente! Senza caffè, io, non faccio niente. -
- Se è per questo anch'io non faccio niente. -
- Dipende anche lei dal caffè? -
- No, io dipendo dal Comune. -

***

Al bancone di un bar dialogo tra un cliente e il barista:
C: - Vorrei un'acqua tonica. -
B: - Ehh? -
C: - Vorrei un'acqua tonica. -
B: - Ehh? -
C: - Un'acquaaa tonicaaaaa! -
B: - Ma cosa urla! Non sono mica sordo....Come le

vuole col filtro o senza? -

Al ristorante.

- Scusi cameriere, me lo potrebbe far cuocere ancora un po' questo branzino? -

- Perchè? -

- Eh! Perchè?!... e m'ha mangiato tutte le patate!! -

***

Un mendicante è seduto sul marciapiede. Passa vicino a lui un signore di bell'aspetto.

- Scusi signore, mi darebbe duemila lire per un panino? -

- Eh beh, dipende! Prima mi faccia vedere il panino! -

***

Fine pranzo al ristorante.

- Allora signore, come ha trovato la sua bistecca? -

- L'ho trovata per caso, spostando una foglia d'insalata!! -

***

Un signore entra in un bar e ordina un caffè. Il barista glielo serve in un attimo ma, ahimè, la tazzina ha una vistosa macchia di rossetto.

Il signore osserva il barista poi, indicando la tazzina dice:

- Se mi ci mette anche un paio di ciglia finte stasera la porto a ballare! -

***

Tra conoscenti.
- Mi fai provare i tuoi occhiali? - dice il primo.
- Prego, fa pure. - risponde il secondo tirandoli fuori dal taschino. Inforcati gli occhiali l'altro si guarda attorno e chiede:
- Tu sei astigmatico? -
- No, pugliese! -

***

In un ristorante di gran classe il cameriere illustra le specialità della casa a un cliente di passaggio, un tipo alquanto malmesso.
- Abbiamo Crepes flambè, Omelettes avec champignon, Escargot de Chantal, Soupe de petit boisson, Lapin, Hareng de le baltique, Profiteroles e Saint Honorè... -
Il povero cristo lo guarda esterrefatto poi chiede:
- Si, ma da magnà che c'è?! -

***

Tra due amici.
- Poi ce l'hai portata tua moglie dal dottore? -
- L'ho portata, l'ho portata... -
- E cosa ti ha detto? -
- Cosa mi ha detto? M'ha detto di portarla un mese al mare, un mese in campagna e un mese in montagna... -
- Accidenti! E dove andate per primo? -
- Si va da un altro dottore!!

***

Tra ragazzini.

- Pensa che mio papà è così cretino, ma così cretino che è convinto d'avere l'orologio di Garibaldi! -

- E il mio allora? Che è convinto di avere il pomo di Adamo?-

***

Quattro chiacchiere ai giardini.

- Tre anni fa, vacanze in Tunisia, mia moglie è rimasta incinta... -

- E allora? -

- Due anni fa, vacanze in Senegal, mia moglie è rimasta incinta un'altra volta... -

- E allora? -

- Un anno fa, vacanze in Nepal, è rimasta incinta un'altra volta... -

- E l'anno prossimo dove va in vacanza? -

- Ancora non abbiamo deciso. Però stavolta mia moglie viene in vacanza con me! -

***

La posta.
(Gli aficionados)

All'indirizzo di Videomusic sono arrivati chili (quintali!) di cartoline, lettere, fax, disegni, collages e robe varie. Tutte dimostrano (internazionalità compresa!) la simpatia e l'arguzia degli amici di "Aria fresca". Ricorderemo chi le ha scritte nelle nostre preghierine serali e, nei casi che lo richiedono, in quelle pomeridiane.

Un particolare ringraziamento, e un grande bacione, lo dobbiamo a Giulia 79, una giovanissima ammiratrice di Giorgio e degli altri ragazzi che ci ha mandato una lettera meravigliosa!

Segue ventata di saluti postali - stop - Un pratico esempio del marasma creato... 'mezz'avvoi! - aristop!

***

Chaine du Mont Blanc

"Quì l'unica cosa che manca è la Focaggia con la gegina, ma c'è tanta aria fresca!

Marisa, Millo, Emilio, Michela.

Ischia
Carissimi amici di Aria fresca quì a Ischia si mangia, si beve e si fischia..... Un bacione a Nando (Saluta tutti ehh!!)

Federica e Massimo

Chenonceau (Indre-er-Loire)
Complimenti!! E' da qualche anno che nel "bossolo tv" non si vedeva una trasmissione così!!

Emilio

Abasse di Ponzone (AL)
Saluti a: Carlo, Marusca, Catia, Gavino, Amerigo, Lello, Mario, Nando, Simone scusate se ho dimenticato qualcuno! Ciao da

Fabio e mia nonna e mio fratello

Palinuro (SA)
Scurnacchiati, siamo amici? 1 o 2? DUE!! Alla grande in mezzo a voi...

Anna, Natascia, Matteo

Castiglione della Pescaia (GR)
Memento bibere semper - U.V.A Unione Volontari Alcolizzati - Quartino d'Onore di I° Grado (alcolico) conferito al signor Merigo, socio bere-merito...

Antonio B.

Seano
"Tornate presto!! Senza di voi non si respira...

Giulia 79

Corfù (Grecia)
Nota, nota, nota... siamo arrivati quì!!! Saluti a tutti voi.
p.s. Abbiamo una potenza nei bracci.....

Mario e Cris

Egitto
Aria fresca è il programma più seguito quì in Egitto (anche perchè quì credono che Carlo sia uno di loro). Saluti a tutti ehhh!!

Roberto e Rossella

Gardaland
Noi ci divertiamo però non vediamo l'ora di tornare a casa per rivedere il vostro mitico programma.

Valeria e Giuseppe

Milano
"....Siete tutti quanti fantastici e simpaticissimi, in particolarc adoro la meravigliosa Katia Beni: Katia sei grande, mi fai morire dalle risate col tuo accento fiorentino, sei unica!!!...."

Diana

Hollywood (California)
In America manca solo un po' d'Aria Fresca. Ciao a tutti.

Alessio e Cinzia

Roma
Un salutissimo a tutti voi e.... al mitico Giorgio un "Carrozzone di bacini" (che fa pure rima co' sorcini!!). Ostinatamente zerofolle, ora e x sempre.

Laura D.

Trier (D)

Caro garlo, erimo lì a Trier (Treviri) in Germania, dove passa il fiume Saar. Oh Garlo! Oh Garlo! Un t'è arrivato Mario sul patino che remava a tutto foo!!... Neanche la Polizia è riuscita a fermarlo. Ciao!

Simone, Cristiana, Chiara, Enrico

Londra

Non è vero che quando siamo fuori manca la mamma: mancate voi!! Continuate, andate fortissimo.

Silvia, Sara

Roma

Mi hanno appena infovmato che la vostva tvasmissione non viene ivvadiata a veti unificate. E' un'ingiustizia, un pvoditovio attacco alla nostva libevtà di videve.

Io non ci sto!!

Oscar Luigi

Ringraziamenti

Leonardo Scucchi e Andrea Biagini sono i registi che, da sempre, seguono Carlo Conti e la banda di guitti che gli sta intorno. Ringraziarli è inutile, è da un pezzo che non sono più in grado d'intendere (e inoltre non cantano).

Mentre vanno ringraziati i seguenti signori (che invece cantano eccome!) : Anonimo Italiano, Audio 2, Paolo Belli, Samuele Bersani, Dirotta su Cuba, Petra Magoni, Ron, Daniele Silvestri, Leo Verde.

E' il caso di ringraziare la Sesta Flotta degli Stati Uniti d'America, le Forze del Patto di Varsavia, il Consiglio Comunale di Roncobilaccio, il G.F.F.C. (Gianfranco Funari fans Club) di Civitanova Marche, il Priore del Monastero di Camaldoli, il Console italiano negli Emirati Arabi Uniti, il Segretario Generale del M.N.C.P.D (Movimento Nazionale Coiffeurs pour Dames), la famiglia Savoia, il Magnifico Rettore dell'Università di Urbino, l'Anicagis, il Comandante dei Vigili Urbani di Mestre, il Consiglio di Amministrazione della British Airways, l'esimia Accademia della Crusca e lo scrittore Alberto Bevilacqua?

No, non è il caso.

E' doveroso dire grazie a Massimiliano per l'amorevole collaborazione e la correzione delle bozze, a Mariangela per non aver mandato in tilt il computer e a tutti quelli che si sono astenuti dal telefonare a Carlo Conti durante le nostre riunioni di lavoro.

La colonna sonora di questo libro, comprese le musiche delle pause e i sottofondi per le fotografie, è stata offerta dalle due emittenti che volentieri citiamo:

Lady Radio FM 90.900 MHZ — RDF Radio Diffusione Firenze FM 102·7 MHZ

Le foto sono di Daniele Gandi

***

Sigle musicali
Gianluca Sibaldi

Acconciature e trucco
Le Di Malia'

service audio e luci
Electro & Suono

direttore di palco
Leonardo Resic

assistente di studio
Enrico Andreini

assistente di palco
Silvio Capecchi

fonico di sala
Giorgio Bagnoli

mixer audio
Carlo Pugi

segreteria organizzativa
Jerrry Stefanelli
Gabriella Pratesi
Roberta Gori
Ugo Matteoli

INDICE

Finito di stampare nel mese di gennaio 1996
presso Giunti Industrie Grafiche S.p.A. – Stabilimento di Prato